엄마는 행복하지 않다고 했다

엄마는 행복하지 않다고 했다

지은이 김미향
펴낸이 최정심
펴낸곳 (주)GCC

초판 1쇄 인쇄 2019년 5월 15일
초판 1쇄 발행 2019년 5월 20일

출판신고 제 406-2018-000082호
주소 10880 경기도 파주시 지목로 5
전화 (031) 8071-5700 팩스 (031) 8071-5200
ISBN 979-11-90032-14-8 03810

www.nexusbook.com

엄마는
행복하지
않다고
했다

김미향 지음

넥서스BOOKS

최 여사, 나의 정숙 씨에게

엄마를 말할 때 우리가 이야기하는 것들

이 책은 한 번도 진정으로 엄마 편을 들지 못했던 아이가 커서 기어코 엄마 편을 드는 이야기다. 아마도 나의 아빠가 이 책을 읽게 되면 몹시 기분이 나쁠 거다. 특정 이슈에 대한 엄마와 아빠의 기억이 다를 때마다 이 책에선 전적으로 엄마의 주장을 따랐기 때문이다.

생각해보면 어릴 때부터 엄마는 내가 엄마의 삶에 공감해주길 원했다. 이해까지는 아니더라도 엄마 편을 들어주길 바랐다. 나는 말로는 늘 엄마 편이었다. 그러나 막상 엄마 편을 들어야 할 상황이 오면 누구의 편도 들지 않았다. 그것은 엄마의 반대편에 있는 사람에 대한 두려움 때문이기도 했고, 중립적인 척하는 나 자신의 위선 때문이기도 했다. 엄마를 떠나보내고 나서 가장 후회되는 것은 엄마가 원하던 바로 그 순간에 엄마 편을 들지 못한 거였다. 그래서 나는 이제 작정하고 엄마 편이 되기로 했다.

50여 년을 살다 간 우리 엄마의 이야기가 그저 '나의 엄마 이야기'로 그칠 것 같았다면 애초에 이 책을 펴낼 용기를 내지 못했을 테다. 나의 엄마는 시대의 딸로서, 누이로서, 여성으로서, 장애인으로서, 아내로서, 엄마로서, 말 그대로 사회적 최약자의 삶을 살다 갔기에 최 여사의 이야기 속에서 읽는 분들 각자가 무언가 느끼거나 사유하거나 포착할 수 있을 거라 생각했다.

　나 자신의 회환과 자책과 그리움과 추억을 한데 뭉쳐 이 책을 읽을 분들 또한 각자의 엄마를 후회 없이 사랑했으면 하는 마음을 담았다. 이 책이 꿈과 현실, 소설과 에세이의 경계에 있듯 여성들, 독자들, 독자의 어머니, 나, 그리고 나의 엄마가 살다 간 생이 한데 겹쳐지길 바란다.

　삶과 죽음이 늘 그렇게 겹쳐져 있듯….

김미향

차례

2부 / 엄마를 부르면 엄마 냄새가 난다

3부____정숙 씨가 웃는다

1부

엄마 꿈을 꾸었다

#1

엄마는 가지고 온 신발 전부를 내게 주고 떠났다

창밖으로 하얀 눈이 푹푹 나리고 있었다. 백석 시인의 시처럼. 나는 방금 꿈을 꾸고 난 뒤라 기진맥진한 상태였다. 검은 말이 피를 철철 흘리는 꿈이었다.

미역처럼 젖은 머리칼이 얼굴에 들러붙은 엄마가 나를 찾아왔다. 엄마는 서울에서 세 시간 반 떨어진 곳에서부터 신발들을 그러모아 한 걸음 한 걸음 힘겹게 내딛어서 내 집 현관문을 조용히 두드렸다. 내가 무서워서 문을 열지 않자 엄마는 역시 조용히 기다리고 있었다. 현관 앞에 쪼그리고 앉아서….

엄마의 머리칼에서 물이 뚝뚝 떨어졌다. 차가운 대리석 바닥에 울려 퍼지는 물방울 소리가 유난히 커서 나는 살며시 문을 열었다. 엄마는 창백한 낯빛이었고 슬픈 표정이었다. 엄마는 이내 가지고 온 신발 전부를 내게 주고 떠났다. 그리고 나는 이름 모를 사막에 서 있었다.

꿈의 색채는 온통 누런빛이었다. 검은 말이 사막 한가운데 누워 있었다. 총이 심장을 관통한 듯 검은 말은 헐떡이고 있었다. 검은 말은 어쩐지 엄마 같았다. 엄마가 피를 철철 흘리는 것 같았다. 엄마일지도 모르는 검은 말이 간신히 뜨거운 숨을 내쉬었다.

나는 놀라 눈을 떴다.

2

사람은 좀처럼 바뀌지 않는 걸까?

회사였다. 팀원들과 회의를 하고 있었다. 그러다 전화가 걸려 와서 나는 회사 복도로 나갔다. 복도는 어두웠다. 짙고 푸르스름한 어둠이라면 무서웠을 텐데, 갈색의 부드러운 어둠이었다.

"여보세요."

전화 속 여성은 병원이라고 했다. 나는 부드러운 갈색의 복도를 지나 밖으로 나갔다.

고풍스럽고 으리으리한 유럽식 대연회장으로 통했다. 높다란 연회장은 3층까지 이어져 있었고 나는 3층에서 아래를 내려다봤다. 반대편에서 한 무리의 사람들이 저마다 이야기를 나누며 분주했다. 그중에는 아는 사람도 있었고 모르는 사람도 있었다. 그들을 차례로 훑은 뒤 옆을 보니 다시 회사로 연결되는 것 같았다.

"그래서요?"

나는 전화 속 목소리에게 조심스레 물었다. 전화 속 여성은 현재 우리 엄마가 병원에 입원 중이라고 했다. 나는 너무 놀라 전화기를 붙잡지 않은 손으로 입을 막았다. 엄마 상태가 너무 심각하고 증세가 급박해 수술을 해야 한다고 했다. 그래서 그전에 보호자인 나에게 전화를 한 거라 했다.

"병원이 어딘데요?"

나는 떨리는 목소리로 물었다.

"안산 ○○병원입니다."

나는 일단 병원에서 다시 전화를 주면 바로 가겠다고 했다. 지금 내가 서울에 있는 게 아니니 오히려 더 빨리 병원으로 갈 수 있을 거라고 말이다.

엄마가 병원 침대에 의식 없이 누워 있는 모습이 그대로 그려졌다. 산소 호흡기를 달고 눈을 감고 있을 것이다. 그래놓고 나는 다시 회사로 돌아갔다.

'일을 해야 하잖아. 내가 처리해야 할 일들이 있잖아. 그래, 마냥 엄마만 생각할 순 없어. 병원에 계시다니 병원 사람들이 잘 돌봐주겠지. 일단 나는 내 자리로 돌아가자. 거기서 기다리자.'

머릿속에서 여러 가지 생각과 일들이 실타래처럼 엉켜 있었지만 최대한 침착하려고 노력했다.

집으로 돌아왔다. 잠이 든 모양이다. 다음 날 아침 일곱 시쯤 됐을까. 막 깨어난 나는 남편에게 엄마 상태에 대해 이야기했다. 병원에서는 아직 연락이 없다고 말했다. 남편은 얼굴을 찡그리며 엄마가 아픈데 지금 뭐하고 있는 거냐고 물었다. 나는 당황해서 "병원에서 전화를 줄 테니 그때 오라고 해서…."라고 말끝을 흐렸다. 남편은 당장 옷을 입으라고, 씻지도 말고 병원으로 가자고 했다.

"그럼 회사는? 학교는?"

내가 묻자 남편은 "촌각을 다투는 상황에서는 일과 학교, 책임보다 더 중요한 것이 있는 법이야"라고 했다. 그건 우리 엄마라고….

나는 엄마를 후순위로 미뤘다는 자괴감과 자책감에 펑펑 울며 옷을 끌어다 입었다.

'혹시 엄마가 돌아가시면 어쩌지? 오늘 까만 옷을 입고 병원에 갈까?'

하늘색 반팔티를 입다 말고 다시 까만색의 옷들을 끌어다 입으며 지금 내가 도대체 무슨 생각을 하고 있는 건가 싶었다. '이 상황에서 벌써 엄마의 장례식을 준비하는 거냐?'

라는 힐난과 '만약을 대비해 철저하자는 거지'라는 변호의
감정이 속에서 맞불을 놓고 있었다.

"그럼 학교는?"
내가 묻자 남편이 대답한다.
"응?"
"그럼 학교는? 학교는?"
다시 한 번 목소리를 쥐어짜 말해본다. 남편은 아예 돌아
누워 대답을 안 한다.
'아, 거긴 학교가 아니지 회사지. 그래, 회사….'
"회사는?"
남편이 또 "응?" 하고 되묻는다.
"회사는 어떡해?"
남편이 대체 무슨 소릴 하냐는 듯 아무 대답이 없다. 그
제야 깨닫는다.
'모든 게 꿈이었구나.'
뺨을 타고 눈물이 줄줄 흐른다. 볼이 뜨겁다.
"오늘은 정말 회사에 못 갈 것 같아."
그 소릴 들은 남편이 다시 내 쪽으로 돌아누워 등을 토닥
인다. 나는 축 늘어진 한쪽 팔을 이마 위로 올리는 체하며
남편 모르게 눈물을 닦았다.

나는 지금 마감 중이다. 마감 중에 휴가를 낼 순 없는 노릇.

꿈에서처럼, 2018년 5월의 그날처럼….

나는 또다시 회사로 돌아가고 있었다. 꿈과 현실의 엄마를

뒤로 한 채.

할 수만 있다면 엄마도, 친구도 꼭 끌어안고 싶었다

죽은 친구가 살아 있을 때처럼 꿈에 나와서 우리 엄마가 모월 모일 모시에 영면하실 거라 말했다. 나는 과거, 현재, 미래를 모두 살고 있었기 때문에 친구의 말이 맞다는 걸 알고 있었다.

'이 아이는 살아 있던 순간에 우리 엄마의 죽음까지 꿰뚫고 있었구나.'

새삼 놀라 하며 이야기를 들었다. 얘기를 마치고 난 뒤 친구는 아래를 내려다보라 했다. 우리가 망루처럼 사방이 탁 트이고 높다란 곳에 올라와 있었기 때문에 나는 아래를 내려다보았다. 우리보다 조금 낮은 망루에서 여자 둘이 뛰어내리고 있었는데, 왼쪽 여자는 분홍색 한복에 분홍색 머리끈으로 반묶음 헤어스타일을 하고 있었고, 오른쪽 여자는 흰색 한복에 흰색 머리끈으로 반묶음 헤어스타일을 하고 있었다. 그 광경을 내려다보며 나는 오들오들 떨었는데, 흰색 여자가 나라고 생각되었기 때문이다. 그녀는 꼭 무녀 같아서 내가 신내림을 받는 게 아닌가 무서웠고 그래서인지 꿈에서 깨고 말았다.

악몽을 꿨다고 남편을 소리쳐 깨운 뒤 다시 잠들려고 보니 어디선가 소리가 들리는 듯했다. 나는 힘이 없어 나오지도 않는 목소리로 우리가 문단속을 제대로 했냐고 남편에게 물었다. 남편은 그런 내가 무섭다는 듯 깜짝 놀라 쳐다보다가 제대로 문단속을 했으니 걱정 말라고 했다. 너무나도 무서워서 다시 잠들지 못하고 동생에게 카톡을 보내고 유튜브로 웃긴 영상을 보려다 말고 남편을 꼭 끌어안고 다시 잠들었다.

◀

할 수만 있다면 엄마도, 친구도, 꼭 끌어안고 싶었다.

엄마는 행복하지 않다고 했다

선풍기 돌아가는 소리가 들렸다. 누군가 자판을 두드리는 소리도 들렸다. 눈을 감고 있으려니 모든 게 희미했다. 떨리고 무섭기도 했다. 이 공간에 나 아닌 누군가가 있는 것은 아닌가? 눈을 뜨고 싶었지만 쉽사리 눈을 뜨지 못했다. 이런저런 꿈의 세계에서 이쪽저쪽으로 밀려다니다 한참의 시간이 흐른 뒤 가까스로 눈을 뜰 수 있었다.

어두운 방 한구석에 동생이 잠들어 있었다. 그 옆에서 자고 있던 건 나였다. 싱크대 쪽에서 몸을 웅크리고 자고 있는 동생을 물끄러미 쳐다봤다. 갑자기 방 안의 공기와 온도가 바뀌었다는 생각이 든 건 그때였다.

"끼익" 하고 또 다른 방의 문이 열렸다. 나와 동생이 누워 있는 방보다 더 어두운 방에 엄마가 누워 있었다. 엄마가 누워 있는 쪽 아랫목에는 동생이 잠들어 있다.

'동생은 분명 다른 방의 싱크대 쪽에서 잠들어 있었는데….'

잠들기 전에 계속 생각했다. 오늘은 엄마 꿈을 꿨으면 좋겠다고…. 엄마한테 물어볼 게 아주아주 많다고…. 엄마를 한 번만이라도 안아보고 싶다고…. 그래서 잠들기 직전까지 엄마한테 물어볼 것들의 리스트를 끝없이 작성했다. 그런데 정말로 엄마가 나타난 거다.

나는 입술을 깨물고 눈물을 흘리며 그 방으로 뛰어가 엄마를 안았다. 수면잠옷을 입은 채 모로 누운 엄마를 끌어안았다. 엄마에게 볼을 부비고 살아생전 엄마에게 늘 그랬듯 엄마의 볼을 꼬집었다.

"엄마! 엄마! 잘 지내?"

오열하면서 엄마에게 안부를 건네자 엄마는 사그라드는 목소리로 겨우 말을 이어나갔다.

"너무 힘들어서 이대로 딱 죽어버리고 싶다…."

생전의 엄마가 많이 아프실 때마다 하던 말씀이었다. 엄마는 천국에 갔음을 나에게 알리고 싶지 않았던지 나를 속이고 있었다. 아랫목에 잠들어 있는 동생은 엄마가 만들어 낸 환영인 듯했다.

"엄마, 나 다 알아. 엄마가 그렇게 말해도 나 다 알아. 엄마는 천국으로 갔잖아. 거긴 어때? 힘들지 않아?"

엄마의 눈에 당황스러운 기색이 스치며 눈빛이 달라졌다.

"거기서 일하고 있어. 요즘은 용접을 해. 한 손으로 물건을 이렇게 쥔 다음에 또 다른 손으로 지지직."

"그래도 행복해? 천국에 있어서 행복해?"

꿈 밖의 내가 꿈속에서 엄마를 만나게 된다면 엄마에게 가장 물어보고 싶었던 질문이었다. 엄마의 눈가가 눈물로 촉촉하게 젖어들었다.

"사랑하는 우리 김. 미. 향. 김. 소. 라 너무 보고 싶은데, 어떻게 행복해. 둘 다 너무 사랑해. 정말 보고 싶어."

이제 나의 울음은 더욱 커져갔다. 그리고 꿈속의 나는 또다시 준비해간 질문을 꺼낸다.

"엄마, 나 엄마 보러 곧 갈 거야. 엄마 보러 곧 갈게. 엄마, 나 언제쯤 엄마 보러 갈 수 있을까? 내가 몇 살 때 엄마 볼 수 있을까?"

엄마가 입술을 부르르 떨며 말도 안 되는 소리 좀 그만하라고 한다. 엄마를 왜 보러 오냐며 그런 말은 하지도 말라고 한다.

"엄마는 알지? 엄마는 내가 언제 엄마 만나러 갈지 다 알고 있지? 나 다 알아. 엄마는 알고 있다는 거. 엄마, 조금만 기다려 줘. 어디에서 들었는데 이승에서의 몇 십 년은 천국에서는 얼마 되지 않는 시간이랬어. 엄마 며칠만 기다려 줘. 어쩌면 1년 안에 내가 갈지도 모르잖아. 엄마, 내가 60살이 되면 엄마 보러 갈 수 있어? 엄마 볼 수 있어?"

엄마가 고개를 저으며 숫자와 주기를 이야기해주려 한다. 나는 엄마 입술에 귀를 바짝 가져다대며 손가락을 하나씩 하나씩 접어간다.

그때, 꿈속의 대지가 지진이 난 듯 흔들리더니 선풍기가 돌아가는 소리, 누군가 자판을 타닥타닥 두드리는 소리가 들린다. 주위의 공기와 온도가 다시 한 번 바뀌었다.

눈이 저절로 떠졌다. 남편은 오늘 약속이 있어 늦는다고 했다. 나는 이불로 얼굴을 감싸고 운다. 잠들기 직전 빨리 하늘에 가 엄마를 보고 싶다고 생각했던 게 떠오른다.

이제 다시 일상으로 돌아가야 한다. 그러나 엄마에게 물어보고 싶은 것들의 목록은 아직 너무도 길다.

엄마 꿈을 꾸었다

엄마가 돌아가신 뒤 묵묵히 일상을 견뎌내는 매일이 반복되고 있었다. 그런데 어느 날 집에 돌아와 보니 침대에 엄마가 누워 계신 것 아닌가. 나는 기뻐서 동생과 함께 침대 위에 있던 엄마를 끌어안고 얼굴을 비볐다. 엄마가 시체든 부활하신 것이든 아니면 애초에 돌아가신 적 없던 것이든 나에게는 아무 상관이 없었다. 그저 뛸 듯이 기뻤다.

　우리는 엄마에게 어떻게 된 일이냐고 물었다. 엄마는 바다에 빠져 돌아가신 줄로 생각했다. 경찰로부터 엄마로 추정되는 시체를 발견했다는 이야기를 듣고 장례까지 치른 뒤였다. 엄마는 귀신이 곡할 노릇이라고 말했다. 당신은 바다 근처에도 간 일이 없다는 거다. 사망신고를 해서 주민등

록증도 말소되고 수중에 돈도 없어 모텔을 전전하다 천신
만고 끝에 집에 당도한 거라 했다.

　우리는 이렇게 엄마가 멀쩡히 살아 계시고 다시 집으로
돌아오게 돼 정말 다행이라며 엄마를 부둥켜안고 만세를
불렀다. 엄마도 즐거워했다.

　깨기 싫어서 미적거리다 출근을 안 할 순 없어 겨우 일어났
다. 꿈에서라도 대리만족을 해 참으로 기뻤다.

천국의 카페에서

엄마를 만났다. 엄마는 언짢아 보였다. 온통 하얀 공간에서 조그마한 테이블을 두고 우리는 이야기를 나누었다. 아마도 카페일 거라고 생각했는데, 지금 생각하면 '천국의 카페'쯤이었을까?

아무튼 엄마는 밭에서 일을 하다 오는 길이라고 했다. 이 땡볕에 갑자기 왜 밭에 갔냐고 했더니 셋째 이모가 시켰다는 거다.

꿈에서는 엄마가 구체적인 사유들을 요목조목 이야기해 주었는데 깨고 나니 그 이유들이 온통 희뿌옇고 잘 생각이 안 난다.

셋째 이모가 본인의 딸과 관련된 일정에 참석해야 해서 엄마에게 대신 밭일을 부탁했다는 게 요지였던 것 같은데, 듣고 보니 부탁인 척하면서 교묘하게 일을 시키는 꼴이었다. 나는 엄마보다 더 분개해서 우리는 열띠게 대화를 나누었다. 함께 분을 표출하다 보니 어느새 엄마의 표정이 평온하게 돌아와 있었다.

꿈속에서 나는 엄마가 돌아가셨다고 생각지 못했다. 평소의 엄마였다. 현실에서는 엄마가 슬플 때, 화날 때, 우울할 때 도통 공감해주지 못했던 나의 죄책감이 표출된 꿈이었을까? 꿈에서처럼 엄마의 말에 깊이 공감해주었다면, 엄마 맘이 좀 더 평안했을까?

◀

도대체 요즘 왜 이런 꿈들을 꾸는지 모르겠지만, 한 가지 분명한 게 있다. 엄마 목소리를 많이 들을 수 있어 좋았다.

엄마와 아기 고양이

동해 집 침대에 누워 있는데 어디선가 조그맣게 "앙!" 소리
가 났다. 꼭 고양이가 우는 소리 같았는데 동해 집에서는 고
양이를 키우지 않으니 이상할 수밖에….

　엄마는 베란다에서 빨래를 널고 있었다. 나는 어디선가
고양이 소리 나지 않느냐고 엄마에게 물어보았다. 엄마는
고개를 갸웃거리며 주위를 둘러보더니 "세상에!" 하며 아
기 고양이를 손바닥 위에 올려두었다. 어쩐 일인지 아기 고
양이 두 마리가 우리 집 베란다에 들어와 있었다. 아마도 꿈
이니 가능했던 일일 것이다. 엄마와 나는 고양이들을 거실
로 데리고 와 신기한 듯 이리 보고 저리 보았다.

　'이 냥냥이들을 어찌할 것인가….'

엄마는 키우고 싶다고 했다. 엄마가 돌아가시기 두 달 전에 엄마는 반려동물을 키우고 싶다고 말했다. 그런데 아빠가 반려동물 키우는 걸 질색팔색하니 내가 잘 말해줬으면 좋겠다고 했다. 반려동물이랑 같이 있으면 매일매일의 기분이 조금은 더 나아질 것 같다고 했다. 나도 그렇게 생각은 했지만 쉽게 결정할 문제는 아니라 차일피일 미뤄두었다.

반려동물은 귀엽다는 마음만으로 키우면 안 된다는 걸 알고 있었다. 반려동물은 사람보다 자주 아프고 빨리 죽는다는 걸 알고 있었다. 그건 그대로 마음의 상처가 된다는 것도 알고 있었다.

아빠가 문제가 아니라 내가 문제였다. 엄마는 내가 그런 마음을 품고 있다는 걸 꿈에도 몰랐을 거다. 그래서일까? 저런 꿈을 꾼 것은….

그때 엄마에게 반려동물 친구를 만들어주지 못한 죄책감이었을까? 그 후로도 엄마는 종종 내 꿈에 찾아오곤 했다. 어떤 꿈은 기억이 생생했고, 어떤 꿈은 엄마가 나와 주었다는 것 말고는 아무것도 기억나지 않았다.

◀

그럼에도 나는 빨리 누웠다. 누워서 잠이 들면 엄마를 만날 가능성이 조금은 높아진다. 그래서 나는 이불을 덮었다. 엄마가 보고 싶었다.

우리 엄마, 미역국 참 좋아했는데

통유리로 된 음식점 바깥에서 지인과 엄마를 바라보았다.
유리창은 반으로 분할되어 오른쪽은 즐겁게 그리고 맛있게
동생과 나와 식사하는 엄마의 모습이었고, 왼쪽은 좀 시무
룩하고 맛없게 식사하는 모습이었다. 난 오른쪽 모습을 바
라보며 말했다.

"우리 엄마, 미역국 참 좋아했는데…."

그러자 곁에 있던 지인이 말했다.

"근데 참 칭찬할 게 없는 분인 것 같아요."

갑작스러운 말에 마음이 울렁거려 반문했다.

"그게 무슨 소리예요?"

지인은 아무렇지 않게 대답한다.

"그렇잖아요. 뭔갈 하신 것도 아니고 그냥 가정주부여서 다른 사람이랑 비교했을 때 딱히 칭찬할 만한 게 없잖아요."

"저기, 말을 그렇게 하는 거 아니지."

절로 낮게 깔린 목소리가 나온다. 그리고 속으로 삼킨 말.

'저렇게 예쁜데…, 울 엄마가 저렇게 예쁜데….

회색 세단으로 드라이브

절경이었다. 검푸른 바다는 파도까지도 아름다웠다. 엄마
는 해안도로를 세 시간 이상 달리고 있었다. 뒷좌석에 편히
앉아 있는 게 죄스러웠다. 교대해 내가 핸들을 잡고 싶었지
만 운전 초보인 나는 감히 엄마의 운전대를 잡을 엄두가 나
지 않았다. 엄마만 피곤한 것이다.

어둠이 점차 스며들어 사그라드는 바다처럼 푸른빛으로
물들어갔다. 나는 차창을 내린 채 바닷바람을 맞았다. 엄마
와의 드라이브는 그 자체로 치유의 힘을 지니고 있었다.

한참을 달려 집으로 돌아왔다. 이사하고 나서 처음 가 보
는 집이다. 엄마가 회색 세단을 공터에 주차하는 사이 나는
막연히 '새 집은 어떤 모습일까?' 그려 보았다. 집이 쌀수록

구조는 특이해진다. 새 집의 구조는 신기하리만치 직사각형이었다. 아파트에만 살다가 이런 주택에 오니 생경함이 온몸을 감쌌다. '우리 집이 이렇게 가난해졌구나' 하는 깨달음 때문일지도 몰랐다.

구조가 특이해서인지 화이트톤의 작은 주택엔 작은 방이 일곱 개, 화장실이 두 개 있었다. 방이 많다고 다 좋은 집은 아니니까. 나는 낯섦을 삼킨 채 이부자리를 폈다. 침대가 아닌 방바닥에 눕기는 또 오랜만이었다.

"내일은 공터에서 운전 연습을 해야지. 엄마가 봐주어 든든할 거야."

꿈속에서 엄마는 거짓말처럼 내 곁에 있었다.

#10

이 여름이 내게 너무 가혹하다

누구의 방해도 받지 않고 늘어지게 잠을 자고 싶다. 3일 사이 앓느라 겨우 끌어올린 입맛은 달아났고, 몸무게가 3킬로그램이 빠졌다. 진통제 한 상자를 다 비웠다. 잘 먹고 잘 살아보겠다고 영양제를 10만 원어치 샀다.

그런데 이런 거 다 필요 없고, '한 일주일 미친 듯이 자고 나면 회복되지 않을까?' 하는 생각이 든다. 엄마 꿈이나 실컷 꾸면서….

그러나 이 여름은 내게 너무 가혹하다.

같은 달, 두 딸의 꿈

큰딸의 꿈

2018년 6월 3일 오전 7시

계속 기도했는데 드디어 꿈에 엄마가 나왔다. 하늘나라 가더니 엄마 눈이 파래졌다. 평소 즐겨 입던 옷을 갖추어 입은 엄마는 사람들을 따라 큰 테이블에 둘러앉아 식사를 하고 있었다. 즐거워 보였고 건강해 보였다. 큰 통유리창 사이로 초록 잎들이 넘실거렸고 하얗게 햇빛이 부서졌다.

"엄마!" 하고 목멘 소리로 부르며 달려가자 잠깐 당황하던 엄마는 나를 꼭 안아줬다. 그 모습 그대로 그곳에서 편안하길, 행복하길, 아프지 않길….

작은딸의 꿈

2018년 6월 6일 오전 8시 10분

방금 꿈에 엄마가 나왔다. 장소는 동인병원 같기도 하고 주공아파트 살 때 같기도 하고…. 우체국 아저씨가 건강검진 지로를 주면서 "아줌마가 저녁 6시쯤 죽는다는대요?" 하면서 가보라 했다. 그 시간 정도 됐을까. 내가 부랴부랴, 마치 학교 끝나고 집에 가는 애마냥 엄마가 죽을까 봐 초조해 하며 집으로 가는데, 엄마로 보이는 모습이 보였다. 내가 반가워서 손을 흔들며 다가가니 정말 엄마가 나와 있었다.

내 마음 한편으론 생각했다.

'죽은 엄마가 살아왔다! 하늘나라에서 5분만 휴가 나왔으면 했는데, 꿈인가? 생시인가?'

기쁘지만 불안한 마음도 컸다.

벤치에 앉았는데 내 옆에 둘째 이모도 있었다. 엄마를 보자마자 내가 말했다.

"안 아파? 어떻게 살아왔어?"

엄마는 "수술하고 깨어났지"라고 말했다. 나는 황급히 되물었다.

"엄마 관 속에 묻었는데 어떻게 나왔어?"

짐짓 놀란 엄마는 "몰라. 깨어나지던데!"라고 한다.

내가 "엄마 뻥치지마. 우리 2일장 했거든?" 하니 옆에 이
모가 "깨어나고 기억의 반이 날아갔나 보다" 했다.

내가 건강검진 지로 온 게 생각나서 "엄마! 이거 건강검
진 하라고 온 거야. 건강검진 받아보자!" 하며 엄마를 안으
니 엄마가 웃으며 "그래. 받아보자…." 하고 꿈이 깼다.

정말 하늘나라에서 5분 휴가 받고 내 꿈에 나왔나. 눈도 아
프지 않은지 안경도 끼지 않은 채로….

#12

그런 꿈이었다

팀원과 어느 식당엘 들어갔다. 방이 딸린 큰 한정식 가게였다. 입구 쪽에서 어딜 앉을까 고민하는데, 누군가가 반갑게 손을 흔드셨다. 필자였다.

"어머. 여기 어쩐 일이셔요, 선생님?"

"밥 먹으러 왔지요. 잘 만났다. 같이 먹어요."

그 순간 동생에게서 전화가 걸려왔다.

"잠시만요."

나는 필자님과 팀원에게 양해를 구한 뒤 다른 방으로 들어가 동생과 통화를 했다.

"내가 보내준 동영상 링크 열어봤어?"

"아니, 아직 못 봤어. 이게 뭔데?"

동생이 동영상을 지금 확인해 보란다. 보내준 링크로 들어가니 죽은 사람과 만날 수 있다는 영상이었다. 영매 같은 사람이 있고 죽은 자를 만나고 싶어 하는 사람이 있었다. 곧이어 그 사람은 자신이 바라던 죽은 사람과 조우했고 펑펑 눈물을 쏟았다. 그 채널에는 그런 영상들이 가득했다. 동생은 그 사람을 찾아가고 싶다 했다. 그렇게 해서라도 돌아가신 엄마를 만나고 싶단 거였다.

난 이런 건 다 사기라고 믿을 게 못된다고 했다. 게다가 돈이 드는 일이었다. 그러나 동생은 그까짓 돈이야 엄마를 만날 수 있다면 아무것도 아니라고 했다.

얼마 전에 동생이 유튜브에서 잘 맞히기로 소문났다는 점쟁이에게 점을 본 게 생각났다. 그 점은 믿을 게 못됐다. 그럼에도 엄마를 만나고 싶다는 동생의 마음을 생각하니 가슴이 무너져 내리는 듯했다. 동생에게로 가야 했다.

"죄송해요. 갑자기 일이 생겨서 전 먼저 가봐야 할 것 같아요."

필자님과 팀원에게 양해를 구하고 나는 미친 듯이 달려 식당을 빠져나갔다.

◀

동생이 보고 싶었다. 그런 꿈이었다.

13

엄마는 혼자 있는 게 싫다고 했다

서울에 사는 동생 집엘 갔다. 동생은 복도를 사이에 두고 아빠와 따로 살고 있다. 아빠네 집엘 먼저 들르려다 동생네 집에 먼저 갈 수밖에 없었는데, 이미 아파트 복도에서부터 불쾌하게 술에 취한 아저씨들의 목소리가 들려왔기 때문이다.

"아니, 멀쩡한 집 놔두고 왜 애 집에서 술을 마시고 있어들?"

현관문을 열어젖힌 뒤 아빠를 보며 얘기했지만 사실 꼴보기 싫은 아빠 친구를 향한 말이기도 했다. 아빠랑 아빠 친구는 취해서 내가 기분이 나쁜지, 좋은지 알 턱이 없었다.

"빨리 나가!"

두 사람을 잡아 끈 뒤에 아빠 친구는 배웅하고, 아빠는 아빠네 집에 밀어 넣었다. 한차례 씨름을 했더니 힘들어서 씩씩대다 이제 갈 시각이 된 것 같아 짐을 들고 돌아섰다.

택시를 잡아타러 가면서 아빠에게 전화를 걸었다. 아까 미처 인사도 못하고 나온 게 생각났기 때문이다.

"아빠, 나 동해 간다. 잘 있어."

"다 늦은 저녁 시각에 왜 내려가려고 해? 동해에 도착하면 자정이 넘을 텐데…, 어떻게 하려고? 여관방을 잡든지 어떻게 하든지 간에 서울에서 자고 가면 되잖아!"

아빠 말이 다 맞았고 나 역시 자정에 동해에서 택시를 타고 집에 갈 생각을 하니 깜깜했지만 동해 집에 혼자 있을 엄마 생각이 났다.

엄마는 밤에 혼자 집에 있는 걸 유난히 무서워하곤 했다. 우리 집에 도둑이 세 번이나 든 전력이 있기 때문일지도 모른다. 집에 아무도 없으면 엄마는 아마도 오늘 밤을 꼴딱 새울 것이다.

어린 시절 아빠랑 장흥에 낚시를 하러 간 적이 있다. 아빠 친구들과 함께 낚시를 하러 갔는데 아빠는 어린 나만 데리고 갔다. 저녁에 돌아오겠다 하고 나갔는데, 예상 외로 낚시는 길어졌고, 술에 취한 아저씨들은 운전을 못해 술을 깨고 가려다 보니 그다음 날 집에 도착하게 됐다. 그 사이 엄마는 한숨도 못 잔 채 우리를 기다렸다. 연락도 없이 외박을 한 아빠에 대한 화도 한몫 했을 거다. 게다가 어린 딸자식까지 데리고 가 날밤을 샜으니 엄마가 분노의 밤을 지샌 게 고스란히 이해가 된다.

갑자기 이런 생각들이 꼬리에 꼬리를 물고 이어졌다. 엄마를 생각하면 지금 당장 동해에 내려가야 했고 아빠 말을 듣고 보면 또 아빠 말이 맞는 것도 같고. 이러지도, 저러지도 못한 채 전화기를 들고 난 고개를 좌우로 돌리며 서 있었다.

◀

꿈속의 카메라가 페이드 아웃(fade-out)되며 나를 잡고 있었다.

천국은 늘 맑음?

오랜만에 엄마가 꿈에 나왔다. 엄마는 날씨가 왜 이리 우중
충하냐며 우울하다고 짜증 섞인 목소리로 말했다. 나는 날
이 이리 더운데 우중충하다는 게 무슨 말인지 이해하지 못
했다.

　그러다 문득 '아, 천국 날씨를 말하나 보다'라고 생각했다.

　'그곳은 늘 맑음일 줄 알았는데 아니었나?'

꿈에 처음으로 엄마가 밝지 않은 모습으로 등장했다. 그게 참 아
팠다.

동생은 계속 울고만 있었다

엄마는 평소 좋아하던 줄무늬 티셔츠를 입고 있었다. 아침부터 누가 현관문을 두드리더니 이상한 편지 한 통을 놓고 갔다고 엄마가 말했다. 아침부터 밤까지 엄마랑 둘이 놀았다.

　새벽이 되니 까만 정장을 입은 동생과 예비 제부가 들어왔다. 동생은 만취해서 계속 울고만 있었다. 예비 제부가 위로하며 아빠 방으로 동생을 데리고 가 눕혔다. 엄마가 동생 방으로 가서는 자리를 깔고 누워 흐느꼈다.

　"소라를 어떡하면 좋으냐…."

　나는 엄마를 껴안으며 엄마까지 울면 어떡하냐고, 그저 술에 취해서 우는 것뿐이니까 걱정하지 말라고 했다. 그러다 문득 이상한 생각이 들어 눈물을 삼키고 엄마를 똑바로 쳐다보며 물었다.

　"근데… 엄마 돌아가셨잖아요?"

　엄마 눈에 당황한 빛이 살짝 어리더니 계속 눈물을 흘리며 말했다.

"이제 네가 지켜야 한다. 동생이랑 아빠는 네가 보살펴야 해."
나는 알겠다고, 엄마 말대로 하겠으니 엄마는 마음 푹 놓고 울지 말라고 말한 뒤 동생에게 건너갔다.

그토록 좋은 엄마

남편이 앞장을 섰다. 동생과 나는 양쪽에서 엄마 손을 잡고
여기저기를 둘러봤다. 남편은 간단하게 슈퍼마켓에서 맥
주 한잔하며 노닥이는 게 어떻겠냐고 제안했다. 엄마는 머
리칼을 짧게 치고 탱글탱글하게 펌을 한 상태였다. 지난 꿈
에서보다 살이 좀 붙었는데, 나빠 보이지 않고 좋아 보였다.
결핵을 앓기 전 생전의 엄마 모습 같았다.

우리는 외관과 내관이 온통 하얀 슈퍼마켓에 들어갔다.
그곳에는 횟집처럼 바닥에 좌식으로 앉을 수 있는 자리가
있었다. 우리는 한 테이블에 둘러앉았다. 기본 안주로 추억
의 과자 논두렁이 나왔다. 엄마는 논두렁을 오도독 오도독
씹으며 즐거워했다.

다시는 돌아갈 수 없는, 우리의 단란한 한때였다.

　엄마가 돌아가신 지 딱 100일째 되던 날이었다. 100일
제를 지내러 고향에 내려가려 했는데 병들이 발목을 잡았
다. 엄마가 겪었을 아픔을 이토록 느리게, 또한 뼈저리게 느
끼면서 속상하고 죄송해서 제발 꿈에 나와 달라고 빌었는
데 101일째, 엄마가 꿈에 나왔다. 마치 엄마는 천국에서 잘
지내고 잘 먹고 있다고, 엄마는 괜찮으니 엄마 걱정은 말라
는 듯….
　엄마는 꿈속에서조차 너무나도 나의 엄마여서 딸 마음
편하게 해주려고 애써 걸음하셨나 보다.

보고 싶은 우리 엄마….
다시 태어나도 난 엄마 딸로 태어날 테다.
우리 엄마는 그토록 좋은 엄마였다.

17

하나의 가슴

꿈속에서 옷을 갈아입다가 문득 거울을 보고 깜짝 놀랐다. 가슴이 둘이 아니라 하나였다. 하나의 가슴 줄기에서 가슴이 두 개로 갈라져 있었는데, 하나는 이상하리만치 봉긋하고 컸고, 하나는 하염없이 축 늘어져 있었다. 나는 너무 깜짝 놀라 억지로 가슴을 모아 본래의 가슴대로 만들어 보려 했으나 허사였다.

거울 속의 내 모습은 기괴했다. 정상이 아니라는 생각에 눈물이 비집고 나올 것 같았다.

그때 엄마가 살며시 문을 열고 들어와 내 어깨를 토닥여 주었다. 엄마의 품에 안겨서 뽑을 수 있을 때까지 눈물을 뽑으니 정상이 아니어도 괜찮다는 생각이 들었다.

오늘만 눈물을 훔치고 또다시 나는 살아갈 것이다.
엄마의 너른 품을 기억하며 살아낼 것이다.

아빠에 대한 억눌린 무기

엄마의 첫 생신제가 다가오고 있다. 그래서일까. 요즘은 어디론가 떠났다 집으로 다시 돌아온 엄마의 꿈을 자주 꾼다. 오늘 꿈에선 자다 일어나 보니 엄마가 우리 집 주방에서 보글보글 찌개를 끓이고 있었다. 나는 놀랍고 기뻐 엄마의 폭신폭신한 허리를 끌어안았다. 엄마는 흡사 솜사탕 같았다. 달콤한데 금방 녹아버릴까 걱정이었다.

"엄마, 어디 다녀오셨어요? 다녀온 곳은 어땠어? 좋았어?"

엄마는 무언가 말하려다간 입을 다물었다. 혼자 다녀온 곳에 대해서는 굳이 얘기하고 싶지 않다는 듯이…. 더 이상 물을 수 없었던 나는 엄마가 끓인 찌개가 너무 맛있겠다고 춤을 췄다. 애호박이 들어가 달콤하고 시원해 보였다.

  엄마랑 놀고 있는데 아빠가 어디선가 맥주 두 병을 가지
고 왔다. 아빠를 보니 갑자기 화가 나서 볼멘소리가 절로 나
왔다.
  "잘하는 짓이다! 이런 날까지 술을 가지고 들어와야겠
어?"
  내가 아빠를 비꼰 게 좀 심하긴 했다. 이상한 억하심정이
꼬일 대로 꼬여 그렇게 표현된 듯했다.
  "애 말 좀 들어요."
  엄마가 말하는 순간, 아빠는 갑자기 분노 조절에 실패하
고 들고 있던 맥주병으로 엄마의 머리를 가격했다. 나는 너
무도 놀라 숨이 멎는 것 같았다. 쓰러진 엄마를 부여잡고
"엄마, 엄마" 외쳤다. 그리고 나는 무엇인가 결심한 사람처
럼 눈이 뒤집어져 아빠가 들고 있던 또 다른 맥주 한 병으로
뒤돌아선 아빠의 머리를 내리쳤다. 언제까지고 계속.

  이 잔인한 꿈에 소리를 지르며 일어나 남편을 껴안았다.
남편은 본인도 악몽을 꾸고 있던 중이었다고 했다. 우리는
서로를 끌어안고 토닥였다.
  남편에게 악몽 이야기를 해보라고 했다. 나는 그 꿈 이야

기를 들으며 다시 잠에 빠졌다. 이번 꿈은 몹시도 잔혹했지만 이상하게 소설적인 데가 있다는 생각이 들었다.

꿈속에서 엄마가 요리를 하고 있는 모습을 보면 마음이 아프다. 꿈속에서라도 엄마가 집안일에서 해방되었으면 하기 때문이다. 그것이 나의 꿈의 본질 같았다.

그러나 가장 중요한 건 엄마가 꿈에 나왔다는 사실이다. 오늘도 엄마를 볼 수 있어 참으로 기뻤다.

19

남겨진 이들과 죽음의 그늘

마트와 버스 정류장 근처를 헤매다 집으로 갔다. 동생과의 대화가 떠올랐다. 새 아파트가 확실히 더 좋다는 얘기였다. 신축인 데다 적어도 안방만큼은 전에 살던 아파트보다 평수가 더 넓었다. 분홍빛과 자줏빛 페인트로 층을 나누어 칠한 아파트 외관이 나타났다.

'우리 집이 어디였더라…?'

207동 9075호라는 생각이 들어 207동 앞까지 갔지만, 204동 9045호가 실제 주소라는 생각이 들었다. 엘리베이터를 타고 한참을 올라갔다. 아파트 복도에서 초인종을 누르려고 하니 집 안에서 엄마와 아빠가 올근볼근 다투는 소리가 정겹게 새어 나왔다. 다시는 듣지 못할 것 같던 소리를 듣게 되니 정서적인 안정감이 밀려왔다. 대화 말미에 아빠는 짜장면이 먹고 싶다고 했고, 엄마는 "어디에서 시킬까?"라고 물었다. 그 말을 듣고 보니 갑자기 허기가 밀려왔다.

어릴 적 우리 집은 오후 네 시나 다섯 시쯤에 저녁을 먹곤 했다. 그때처럼 엄마, 아빠, 동생과 오붓하게 둘러앉아 짜장면을 먹을 수 있다면 좋겠다는 생각이 들었다.

집 안으로 들어가 보니 전체적인 분위기가 초등학생 때 살던 아파트와 비슷했다. 엄마 목소리가 화장실 쪽에서 들려 가 보니 아무도 없다.

"엄마! 어디에 있어?"

엄마는 안방에 있다고 한다. 화장실에 있을 줄 알았는데, 정작 엄마는 안방에 모로 누워 있었다. 그런데 눈 깜짝할 사이에 엄마는 다시 화장실 바닥에 엎드려 있었다. 어안이 벙벙해진 나는 잠들어 솜처럼 축 늘어진 무거운 엄마를 다시 안방으로 옮겼다.

눈을 뜬 엄마가 무서운 일을 겪었다고 말했다.

"아빠한텐 아직 말 못 했는데…, 글쎄 어떤 낯선 남자가 전화를 한 거야, 우리 집에…."

"뭐? 전화해서 뭐라는데?"

"김광열 씨는 아빠로서 어때요?"

"그렇게 물었어?"

"응. 능글능글 웃으면서 그렇게 묻는데 왠지 섬뜩했어."

생각해보니 전에도 비슷한 종류의 전화들이 걸려 왔던 것 같았다. 아빠에 대해 묻는….

엄마가 잠깐 자릴 비운 사이 남편에게 전화를 걸었다. 그런데 저장된 전화번호가 이상했다. 역시나 그 번호로 바로 연결이 되지 않았고 바뀐 전화번호로 연결시켜주겠다는 안내 멘트가 흐르고 난 뒤 남편에게 연결됐다. 남편은 아무렇지 않게 공부는 많이 했냐고 전화기 속에서 물었다. 남편의 말을 듣고 보니 내 방에서 한 시간 동안 시험공부를 하던 일이 떠올랐다.

나는 전부터 이사를 가고 싶었다. 모든 게 지금 사는 아파트에서 시작됐다는 생각이 들어서였다. 집터가 좋지 않은 건 아닐까, 갈수록 그런 생각이 들었더랬다. 마침내 기다리고 기다리던 새 아파트로 이사를 했고 모든 게 좋아졌다, 나아졌다고 생각했는데, 알고 보니 모든 건 그대로고 엄마는 내가 만들어낸 환상이며 나는 신경 쇠약에 걸려 점점 미쳐가고 있지 않나 여겨졌다.

남편의 바뀐 전화번호를 외워야겠다고 생각했다.

'또 무슨 일이 벌어질지 모르잖아.'

키패드를 보고 전화번호를 외웠다. '010-2015'까지는 떠올랐는데 그 뒤의 번호 네 자리가 도무지 생각나지 않았다.

눈을 번쩍 떴다. 꿈이었나? 나는 잠들어 있었다. 방을 보니 새 아파트 그대로다. 예상보다 그리 넓진 않았다. 엄마도 없었다.

모든 가게가 문을 닫은 어두운 상가 안을 나는 걷고 있었다. 갈색 로퍼를 신고 걷는 나는 점점 굳어지고 있었다. 회전문으로 들어가면 바로 보이는 가게 쪽으로 걸었다. 그 가게 오른쪽에는 화장실과 엘리베이터가 있었다. 문을 닫은 가게에는 출입을 금하는 테이프가 둘러져 있었다. 나는 고개를 숙인 채 테이프 밑으로 들어가 차디찬 바닥에 누웠다. 어두운 남색 타일은 과연 그 색깔만큼이나 차가웠다. 모로 누운 나는 뜨거운 눈물을 쏟으며 이마를 손으로 짚었다. 남편에게 전화를 걸었다.
"내가… 신경 쇠약에 걸린 건지도 모르겠어."
수화기 너머의 그는 아무 대답이 없었다.

"또 악몽을 꿨어."
남편에게 말하며 침대에서 일어났다. 꿈 덕분에 매일 일어나는 시각보다 30분 먼저 깨게 됐다.

가슴을 쓸어내리며 엄마를 떠올렸다. 꿈속 축 늘어진 채 화장실에 엎드려 있던 엄마가, 중환자실에서 눈을 감고 누워 있던 현실의 엄마와 겹쳐져 마음이 따끔거렸다.

◀

창 밖에선 햇살이 부서졌지만 침대 밑 매트리스는 이상하게 차가웠다.

20

밤을 걷고 엄마를 보다

〈밤을 걷다〉는 〈최악의 하루〉로 유명한 김종관 감독의 작품이다. 아이유에 대한 네 편의 옴니버스 단편영화를 묶은 〈페르소나〉가 나온다고 했을 때, 가장 기대한 작품이었다.

영화에서 지은은 남자친구의 꿈속에 등장한다. 실제의 지은은 자살했고, 남자친구는 그 이유를 모른다. 장례식에서 눈물 한 방울 내비치지 않았던 남자친구는 지은을 만난 꿈속에서 어깨를 떨며 오열한다. 꿈이 깨면 모든 게 사라질 테니 남자친구는 "난 기억할 거야. 기억해야 해"라고 끊임없이 되새긴다. 그러나 지은은 "꿈도 죽음도 정처가 없네. 가는 데 없이 잊혀질 거야"라고 말하며 남자친구의 얼굴을 감싼다.

사라짐. 꿈과 죽음은 그 속성이 비슷하다. 극 중 지은의 말대로 정처 없고 가는 데 없이 잊힐 뿐이다. 한 편의 시 같은 이 영화를 보며 하릴없이 나의 엄마의 죽음을 떠올렸다. 잠에서 깨어나는 순간, 내가 아득한 것은 곧 휘발될 꿈의 기억과 그 기억의 끄트머리를 붙잡고서라도 돌아가신 엄마 곁에 머물고 싶은 나의 마음 때문이다.

꿈속에서 엄마와 함께 마주하는 공간은 〈밤을 걷다〉의 공간처럼 내가 가봤던 곳 같은, 내 기억 속에 있는 것 같은 곳들이다. 꿈 가장자리에서 그 공간들을 서성이며 나는 현실과 꿈의 경계를 만지작거린다. 지은처럼 스스로 목숨을 끊은 엄마. 엄마는 그 흔한 유서 한 장조차 남기지 않았다. 남자친구가 지은이 스스로 죽음을 택한 이유를 알지 못하듯 내게도 엄마가 왜 스스로 죽음을 택했는지는 영원히 미지수로 남을 테다. 아스라한 꿈 저편에서 엄마에 대한 기억의 조각들은 오늘도 흩어졌다 모일 뿐이다.

◀

그리고 나는 여전히 지은의 남자친구처럼 밤을 걸으며 밤의 장막이 걷히길…. 엄마를 기억하려고 애쓰며, 부유하는 엄마와의 추억들을 볼 것이다. 아마도 나의 평생에 걸쳐 매일을 오늘처럼.

2부

엄마를 부르면
엄마 냄새가 난다

1

소중한 사람의 죽음으로 힘들어 하는 당신에게

장례식장 바닥은 딱딱했다. 거듭 뒤척이며 자세를 바꿨다. 끊이지 않고 오는 손님들을 맞이하며 온 가족이 두통약을 몇 개나 집어삼켰는지 모른다. 누워 있으니 굽었던 척추가 확 펴지는 느낌이었으나 잠이 오지 않기는 매한가지였다. 뜬눈으로 밤을 지새며 영정사진 앞에서 웅크려 있는 아빠와 동생을 생각했다.

눈물은 나지 않았다. 한 번쯤 소리 내어 크게 울어보고 싶었지만 곁에 있는 사람들을 떠올리면 그마저도 쉽지 않았다. 그것은 눈치 보기가 아니었다. 나의 울음이 누군가에게 상처가 될까 조심스러운 두려움이었다.

2018년 5월 25일. 엄마가 돌아가셨다. 주민등록상 생일과 똑같은 월과 일에. 엄마가 중환자실에 입원한 건 며칠 되었지만 직장인이라 휴가를 내기가 여간 눈치 보이는 게 아니었다. 하필이면 마감 기한이라서 더욱 그랬다. 주말에 고향에 내려가기로 하고 일에 집중하는 와중에 급박한 전화가 걸려왔다. 병원에서 엄마가 오래 버티지 못할 거라고 했단다. 그 말을 듣는 와중에도 나는 그리 심각하지 않았다. 마감 걱정이 먼저였다.

이번 마감은 다른 마감과는 달랐다. 직접 수많은 보도자료를 검토하고 기사를 써야 했다. 따로 특별판 데일리지도 만들어야 했다. 문제는 이미 한참 전에 도착해야 할 보도자료가 아직 도착하지 않았다는 것. 보도자료가 금요일에 도착한다면 꼼짝없이 주말 내내 원고를 써야 하는 상황이 두려웠다.

나는 못 말리는 일 중독자였고, 내심 우리 엄마는 툭툭 털고 다시 일어날 거라고 생각했다. 게다가 '본래 병원이란 곳은 환자에게 필요 이상으로 겁을 주지 않던가'라고 여겼다. 하지만 먼저 언니를 떠나보낸 적이 있는 후배는 심상치 않은 조짐을 느꼈는지 얼른 고향에 내려가는 게 좋겠다고 했다. 나는 수 회, 수십 회 고민하다 결국 다음 날 저녁에 고향으로 떠났다.

고향에 가서도 자정이 넘어서까지 다음 호 기획안을 매만

지다 편집위원들에게 메일을 보냈다. '내일이면 엄마를 만날 수 있겠지' 생각하며, '남편이 착한 일을 많이 했으니 신이 있다면 우리 엄마를 버리시진 않을 거야'라고 합리화했다. 불과 동해로 향하는 그날 저녁에도 남편은 휠체어를 끄는 아주머니를 대신해 휠체어를 차에 올리고 내려주지 않았던가.

그러나 다음 날 병원에서 긴박한 전화가 수차례 걸려왔고, 의사는 엄마를 위해 결정을 내려주었으면 한다고 말했다. 지금은 약의 힘으로 겨우 버티시는 거라고, 이 상태에서 계속 약을 추가한다면 생명은 연장할 수 있겠지만 그건 살아도 사는 게 아니라고 했다. 아빠는 계속 집에 가고 싶다고 했다. 머리가 아프다고 했다. 아빠는 떨고 있었다. 두려웠을 것이다. 사실 우리 전부 그랬다. 나는 어쩔 수 없이 가족을 대표해 고개를 끄덕였다.

2018년 5월 25일 오전 9시. 엄마가 돌아가셨다. 마치 내가 오기만을 기다린 듯 내게 조금이나마 눈 붙일 수 있는 하루를 선물하고, 그렇게 마지막까지 딸을 배려하며 눈을 감으셨다. 약을 계속 투여했으면 어땠을까? 엄마는 내가 죽였다. 그런 거나 다름없다고, 나는 울음을 삼켰다.

장례가 끝나고 우리 가족은 저마다 각자의 방에 누워 시간을 보냈다. 아빠는 곡기를 끊었고 그러면서 죽음을 생각했고,

동생은 너무 많이 울었고 그러면서 죽음을 생각했고, 나는 이러지도 저러지도 못한 채 엄마의 꿈만을 계속 꾸며 죽음을 생각했다.

우리는 매일매일 죽어가고 있었고, 말을 했든 그렇지 않았든 저마다의 죄책감으로 말라가고 있었다. 그러면서 또한 서로의 곁에 남아 있는 방식으로 힘이 되어 주고 있었다.

〈죄 많은 소녀〉라는 영화가 떠올랐다. 한 소녀의 죽음이 부른 죄책감의 파국을 그린 영화였다. 같은 반 친구 경민이 실종되자 경찰은 마지막까지 함께 있었던 영희를 가해자로 지목한다. 영희는 결백을 주장하지만 딸의 실종 이유를 알고 싶은 경민의 엄마와 비밀을 가진 한솔, 상황을 빨리 정리하고 싶은 담임선생까지 모두 영희를 범인으로 지목한다.

죽은 자는 말이 없다. 그래서 사람들은 자신이 그 죽음에 일조했다는 사실을 잊기 위해, 부정하기 위해 다른 희생양을 만들어낸다. 그것은 영희이기도, 한솔이기도, 경민 엄마기도 하다.

내게는 그것이 아빠였다. 엄마가 중환자실에 입원해 있는 동안 나는 엄마가 죽으면 다 아빠 탓이라고, 엄마를 죽이는 건 아빠가 될 거라고 소릴 질렀었다. 그 말의 칼날이 너무나도 서슬 퍼렜기에 아빠는 더욱 고통스러워하고 있었다.

동해에 머무는 일주일가량은 아빠 곁에 누워, 실은 나의 본심은 그게 아니었음을, 엄마의 죽음에는 일을 핑계로 좀 더 엄마를 살뜰하게 보살피지 않은, 엄마의 이야기를 듣는 척만 했지 제대로 공감하지 않은, 엄마의 우울을 이해하기 위한 노력을 게을리 한 나의 책임도 있다는 걸, 인지하게 만드는 시간이기도 했다.

나의 고통은 여전히 현재진행형이다. 사람들은 너무나도 쉽게 시간이 지났으니 이제 내가 고통에서 헤어났으리라 짐작하곤 한다. 하지만 우리 가족은 아직도 깊은 터널 속에 있다. 그 터널의 어두움은 터널에 있어 본 이들만이 알 수 있다. 그래서 나는 쉽게 다른 사람의 고통을, 상실을 이해한다고 말하는 이들이 무섭다. 나는 이제 다시는 누구의 고통도 섣불리 재단할 수 없을 것 같기 때문이다.

하루는 소설가 아니 에르노가 써 내려간《한 여자》의 문장들을 손가락으로 되짚어봤다. 아니 에르노는 어머니가 세상을 떠난 이후 열 달에 걸쳐 자신의 어머니이자 한 시대를 살다 간 '한 여자'에 대해 썼다.

그녀는 어머니의 일대기를 유려하게 쓰지 않았다. 그저 파편적으로 떠오르는 이미지들을 블록 쌓기 하듯 겹쳐 보여줄 뿐이다. 크로키풍의 건조한 메모 같은 문장들이 한 시대를 살다 간 중하층 계급의 전형적인 여자, 어머니를 마주

보게 한다.

나의 애도는 나와 같은 경험을 한 한 여자의 책을 읽는 것으로부터 시작되고 그를 통해 진정한 애도는 '기억하는 일'이란 걸 깨닫게 된다. 읽음으로써, 씀으로써, 그렇게 기억함으로써 엄마는 내 곁에 존재하는 것이다. 그것이 아니 에르노와 내가 '죽음'이라는 어머니의 부재를 받아들이는 방법이다.

그러니 나 역시 다른 방법이 없다. 상실을 먹고 자라난 책들을 그저 쓰다듬고 읽고 그에 대해 토해내는 것 외에는. 죽음에 대해 말하기를 꺼리는 사회를 정면으로 마주한 채 애도를 꺼내놓는 것 외에는. 그리하여 충분히 슬퍼하는 것 외에는.

지난해 셋째 이모의 주검이 바다에서 발견된 이래, 연달아 죽음이 나에게 들이닥쳤다. 우리 엄마의 죽음은 〈죄 많은 소녀〉 경민의 자살처럼 내게 아직 이해불가로 남아 있다. 그러나 엄마의 심연을 들여다보려 하지 않았던 나의 무책임은 비로소 받아들이게 되었다. 친구가 공원에서 목을 맨 채 발견된 건 지지난주.

도대체 어떻게 살아야 좋은 걸까? 나는 이제 매일 무섭도록 서늘하고 지독한 상실 속에서 죄책감을 이불로 덮은 채 다시 눕는다.

친구 가는 길에 책을 한 박스 선물하는 꿈을 꾼다. 시공간이 뒤틀려 있는 그곳에서 친구는 자신의 죽음조차 인지하지 못한 채 활짝 웃고 있다.

이제 나의 삶은 다시는 이전과는 같지 않으리란 걸 깊게 느낀다. 삶을 대하는 방식 역시 이전과는 절대 같지 않을 테다.

◀

오늘도 나는 어두운 터널 속에서 아무도 피하지 못할 질문을 던진다. 삶과 죽음이 겹쳐진 페이지를 들고.

2

엄마는 살고 싶어 했다

스스로 죽음을 결심하기 직전의 엄마는 그 어느 때보다 생에 대한 의지가 강했다. 30여 년에 걸쳐 지속된 엄마의 우울을 떠올려 보면 사뭇 놀랄 정도로 엄마는 살고 싶어 했다. 아주 잘, 건강히 지내고 싶어 했다.

극심한 병증이 엄마의 온몸을 덮치자 엄마는 전혀 다른 사람이 되었다. 엄마가 필요 이외의 말을 할 때, 그녀는 전혀 다른 사람이 되고 원래 형태가 뚜렷하지 않던 그녀의 말들은 아예 형체를 잃어버렸다. 꼭 낡은 미래를 읽고 있는 것만 같았다. 누구라도 그런 류의 말들은 좀처럼 이해할 수가 없을 것이다.

그 순간이 올 때마다 나는 어김없이 무너져 내리고 말았다. 내가 감당할 수 없는 무게의 거대한 젤리들이 내 머리 위로 "쿵" 하고 떨어져 버리고 그것이 이내 작열하는 태양 아래 녹아내리는 기분이다. 어찌할 수 없고 손 쓸 새도 없이 나는 불쾌한 슬픔에 젖어 버리곤 했다. 그럼에도 엄마는 이해를 바랐고 여전히 나는 엄마를 이해하지 못했다.

그런 매일이었다. 엄마와 나는 각기 다른 밤의 장막 뒤에 숨어 있었다. 우리는 그저 하릴없이 밤을 지새웠다. 그리고 그렇게 밤을 떠나보냈다. 거의 잠을 이루지 못한 채 뜬눈으로 새벽을 맞는 건 우리 모녀가 가장 잘하는 일이었다.

엄마의 몸과 마음이 무너지고 쓸려 내려가고 있는 동안, 엄마의 마음을 미처 헤아리지 못하고 헤아릴 수 없었던 철부지 큰딸은 어린 시절의 엄마를 떠올리곤 했다. 동그랗고 작은 어깨, 선이 고운 콧날, 얇은 입술, 가느다란 눈매가 돋보였던 외면과 내면 모두 건강했던 엄마를….

다른 친구들의 엄마보다도 훨씬 젊어 보이고 아름다운 엄마가, 참 좋았다. 어린아이들은 잘도 그런 것을 캐치할 줄 알았다. 반 친구들 중 막둥이로 태어난 한 아이는 다른 아이들이 자신의 엄마를 "할머니"라고 놀리는 통에 끝내 울음을 터뜨리기도 했다.

반면 나의 엄마는 나서기를 싫어하고 소심한 성격 탓에

되도록 바깥출입을 삼가는 편이었지만, 어쩌다 한 번 아이들의 눈에 띌라치면 나 자신도 모르는 새 우쭐할 수 있었다. 아무도 대놓고 말은 안 했지만 아름다운 엄마를 둬서 참 좋겠다는 아이들의 동경 어린 시선을 나는 스펀지처럼 빨아들였다.

그러나 내 곁에 누워 함께 눈을 부릅뜬 채 밤을 지새우던 현실 속 엄마는 내가 자란 만큼이나 세월을 차곡차곡 쌓아올린 상태였다. 피부는 생기를 잃었으며 오랜 불면으로 몸은 더욱 야위었다. 곱던 머리칼은 푸석거리고 세월의 흐름을 거스르지 못한 모발들이 한 움큼씩 빠지기 일쑤였다.

엄마는 매일 더 깊어지는 주름에 어찌할 바 몰랐다. 그런 엄마의 머리통은 아주 조그마했다. 놀라울 정도로 작아서 바라보고 있노라면 눈물이 날 것 같았다.

엄마의 봄.
엄마의 여름.
엄마의 가을.
엄마의 겨울.
엄마의 사계절.

엄마에게 들러붙은 시간.

시간의 더께들.

　그 혹독하고 진득한 것들을 떠올리다 보면 온몸이 차가
워졌다. 오소소 소름이 돋고 냉동 창고에 막 들어선 사람처
럼 정신이 아찔해졌다. 그때마다 나는 갑자기 나에게로 밀
려든 전 생애의 무게에 질식할 것만 같았다.

　나는 태어나서는 안됐다. 어쩌면 나의 출생이 엄마의 전
생애의 발목을 걸어 넘어뜨린 건지도 모른다.
　1987년 3월 26일, 무표정하게 서 있는 엄마의 결혼사진
속에 자리한, 그로부터 3개월도 채 지나지 않아 태어난 나
란 아가는. 그래서 나는 그녀를 웃게 해주고 싶었다. 웃게
만들고 싶었다.

　엄마는 나를 용서했을까? 언젠간 엄마가 나를 용서하는
날이 올까? 용서란 정말이지 어려운 일이다.
　나는 나를 먼저 두고 떠난 엄마를 용서하는 것을 용서한
다. 나는 엄마에게 상처 입었다. 그리고 그것이 내겐 너무나
도 무거워서 엄마를 용서했다고, 나는 엄마를 모두 이해한
다고, 아니 적어도 이해하려 노력하는 삶이었다고, 착각하
며 하루하루를 보내왔다.

이제 더 이상은 용서를 위해 애쓰지 않기로 한다. 나는 엄마를 전혀 이해하지 못했다. 내 노력은 위선이었다. 내가 결혼을 하고 나니 비로소 보이는 엄마의 삶이 있다. 그러나 내겐 아이가 없으므로 나는 끝내 엄마로서의 엄마 삶을 이해하지 못할 것이다.

2018년 5월 25일. 그 시릴 만큼 뜨겁던 봄날 이후 모든 게 어떻게 달라졌던가. 사물의 위치는 어떻게 옮겨졌는가. 내가 아무리 무수히 많은 글을 쓴다 하더라도 결코 그것만은 발견할 수 없을 것이다.

◀

죽음은 늘 삶의 뒤편에 있고 삶은 언제나 죽음의 양면이다. 그러니 나는 매일매일 아주아주 씩씩하게, 아주아주 훌륭하게 죽어갈 것이다.

3

유난히 조용했던 엄마의 뒷모습

엄마는 우울했다. 엄마가 신경정신과를 다니며 치료를 받기 시작한 게 내가 아홉 살 때쯤이었고 돌아가시기 직전까지도 입원을 고려했을 정도로 치료를 받았으니 엄마의 우울증은 20년 넘게 묵혀온 것이었다. 엄마의 우울에는 아들이 아닌 딸로 태어남으로써 받은 냉대와 장애에 대한 멸시, 시골 여성으로서 당한 노동력 착취와 아내이자 며느리, 엄마로서 받은 폭력이 기저에 도사리고 있었다. 거기에 가난이 디폴트로 얹어져 엄마는 태어나서 죽을 때까지 사회적으로 최약자의 삶만을 살다 갔다.

엄마는 자존감이 낮았다. 오랜 냉대와 멸시, 모욕들이 엄마를 그리 만들었다. 엄마는 모든 일에 자신이 없었다. 심지어 다른 사람이 보기엔 엄마가 정말 잘하는 일임에도 엄마 스스로는 그걸 인정하지 못했다. '내가 잘할 수 있는 게 있을 리 없잖아'가 보통의 엄마 반응이었다. 엄마가 움츠리고 고개를 숙일 때마다 내 마음도 무너져 내렸다.

"엄마는 최고야. 엄마는 예뻐. 엄마가 한 음식은 다 맛있어. 엄마처럼 깔끔한 사람은 없을 거야. 엄마처럼 다른 사람을 먼저 생각하는 사람은 없을 거야."

칭찬은 엄마에게 가 닿지 못했다. 진정으로 그 사람을 사랑하는 단 한 사람만 있어도 우울은 많이 옅어진다는 말을 들었다. 내가 이렇게 엄마를 사랑하는데, 외할머니도 엄마를 그리 사랑했다는데, 우리 엄마의 우울이 나날이 짙어만 가는 이유는 뭘까? 매일 밤 고민했다.

엄마는 아름답고 자신보다 더 가난한 사람들을 돌볼 줄 알았고 심성이 착했다. 요리를 잘했고 부지런했으며 살뜰하게 가정의 대소사를 책임졌다. 그럼에도 엄마는 엄마의 일을 일로서 받아들이지 못했고 그건 다른 가족 구성원들도 마찬가지였다. 전업주부의 일이란 티가 나지 않았고 우리는 모두 밖에서 일 안 하는 엄마가 편하다고 생각했다.

그리고 엄마의 우울을 머리로만 받아들였다. 어쩌면 나

는 엄마가 우울할 수 있음을 미처 생각지 못했던 걸 수도 있다. 엄마인데, 나의 엄마인데, 나를 낳은 사람인데 엄마가 어찌 불안하고 불안정한 존재일 수 있는지, 생생하게 마음속으로 받아들이지 못한 것 같다. '부모란 원래 산처럼 든든하게 자식 뒤에 우뚝 선 존재 아니던가'라고 생각했던 것 같다. 그건 대단히 큰 잘못이었고 내가 엄마라는 타자를 전혀 이해하지 못했음을, 엄마의 고통을 전혀 나눠 짊어지지 않았음을 의미했다.

엄마도 나의 엄마가 된 게 처음이었다. 자기 자신의 삶을 포기해 가면서까지 엄마가 떠맡았던 엄마 노릇이란 건 그리도 부서지기 쉬운 것이었다. 엄마와 나는 서로에게 약점을 드러내고 서로의 약점을 보듬었다고 생각했다. 엄마가 나의 좋은 엄마였듯이 나도 엄마에게 좋은 딸일 거라 생각했다. 엄마가 날 보며 웃었기에 나를 전적으로 신뢰한다고 생각했다. 하지만 엄마는 나와 같이 가기 위해 일어서지는 않았다. 어쩌면 내민 나의 손이 따뜻하게 느껴지지 않았을 수도 있다는 걸 이제야 가슴 아프게 깨닫는다. 엄마가 떠난 뒤에야 나는 비로소 엄마를 알려는 노력을 게을리 했음을 인정한 셈이다.

모두가 우울한 시대. 이러한 시대를 산다는 건 어떤 의미일까? 그림자처럼 달라붙은 우울을 안고 살아가던 엄마의 조용한 뒷모습을 그려본다. 시간을 되돌릴 수 있다면 진정으로 온기 가득한 손을 내밀고 엄마의 어깨를 마사지하고 싶다. 지금껏 엄마 어깨에 붙은 우울을 떼어 내려고만 했으니 이젠 그 우울을 감싸 안아 뭉치고 싶다.

◀

"엄마, 내일을 생각해야지. 오늘의 우울은 떨쳐버리고 앞으로 나아가야지"가 아닌, "엄마, 오늘도 많이 힘들었지? 우리 엄마, 얼마나 힘들었을까?"의 나날들.
질책이나 조언이 아니라 이해와 공감으로 다가가는 딸이 되고 싶다.

4

일월의 동해

나이 들수록 동해가 참 좋다. 예전에는 그 작은 도시를 벗어나고 싶어 안달했었다. 영화를 볼 곳도, 미술품을 넋 놓고 감상할 곳도, 연극을 관람할 곳도 없는 게 답답했다. 그래서일까? 고3 시절 수시를 준비할 때 인서울이 아닌 대학에는 원서조차 내지 않았었다.

엄마는 서울에 있는 대학에 입학하는 걸 탐탁지 않게 여기셨다. 지방 국립대에 장학금을 받고 입학할 수 있는데 뭐하러 먼 서울까지 가냐는 거였다. 아무래도 품안에 자식이 멀리 떨어져 있는 게 못내 아쉬우셨을 테고, 어쩌면 고단할 큰딸의 서울살이를 미리 짐작하신 건지도 모른다. 그러나 어렸던 나는 말은 제주도로 보내고 사람은 서울로 보내랬다고 바락바락 우기며 대학 입학과 동시에 서울에 안착했다.

그런 생각들을 하며 조수석에 앉아 있었다. 엄마 납골당으로 향하는 길목에는 아파트가 여러 채 지어지고 있었다. 도로에도, 시내에도 사람은 별로 보이지 않는데 온갖 브랜드 아파트가 동해에 계속 지어지는 이유는 뭘까? 카오디오에선 코 끝 시린 겨울 공기를 닮은 인디음악이 계속 재생되고 있었다.

납골당에는 '정숙'이라는 표지판이 있다. 그 표지판을 볼 때마다 나는 코끝이 매워진다. 엄마 이름이다. 표지판을 똑바로 보고 걷다 그 표지판이 등 뒤로 사라지면 매화실이 나온다. 오늘은 누군가 불을 켜 두고 갔다. 고인들께는 어두운 곳이 좋을까, 불빛 환한 곳이 좋을까.

엄마보다 몇 달 먼저 돌아가셔서 엄마 지척에 계신 셋째 이모한테 인사를 하고 우리 엄마한테 가서 이런저런 이야기를 했다. 엄마 있는 곳은 너무 춥지 않은지, 요즘은 왜 꿈에 잘 안 나오는지 묻고, 오늘 서울 잘 올라가겠다고, 가서도 건강히 잘 있겠다고 인사를 했다. 꽁꽁 추운 겨울이니 천국에서도 립밤 두둑이 얹어두라고 속삭였다.

때때로 엄마 생각이 너무 깊어질 때면 주위 사람들에게 립밤을 선물하곤 한다. 엄마가 좋아했던 니베아 벚꽃 립밤은 일본에서만 구할 수 있어서 니베아 라인의 립밤을 따로 챙겼다. 아마 사람들은 내가 왜 그들에게 립밤을 선물하는지 모를 것이다. 그러나 나는 이렇게 엄마를 추억한다. 엄마가 좋아하던 것들을 주위 사람들에게 나누는 나만의 방식으로….

동해에 온 김에 새파란 어달리 바다가 통째로 보이는 카페에 갔다. 부드러운 카페의 원목 테이블과 히비스커스를 베이스로 뭉근하게 끓인 딸기차의 달짝지근한 상큼함은 어쩐지 좋다. 그러나 아무래도 엄마가 보고 싶다. 엄마를 대체할 수 있는 건 엄마 외에 아무것도 없다.

◀

하얗게 부서지는 파도를 보며 다시 한 번 엄마의 안부를 묻는, 일월의 하루.

5

2년 전 오늘을 보시겠습니까?

구글 포토에서 2년 전 오늘 사진을 보겠냐는 알림이 왔다.
보통 그런 건 잘 안 보는데 오늘따라 터치를 했고 거기엔 엄
마가 있었다.

2년 전의 엄마는 여전히 아팠는데도 돌아가시기 직전보
다 건강해 보였다.

2년 전의 나는 오늘을 상상할 수 없었고 아니, 상상조차
못했다. 동생한테 2년 전 내가 찍어준 엄마와 동생 사진을
보내니 그 애는 아직도 퇴근하면 엄마가 집에 있을 것 같다
고 했다.

위로가 되는 건 우리 둘뿐이다. 그마저도 멀리 떨어져 있다.
동생을 부둥켜안고 울고 싶은 오늘.

#6

어쩐지 엄마가 보고 싶은 밤

내가 기억하는 한 우리 엄마는 늘 아팠다. 그래도 엄마는 나와 동생을 키워냈다. 젊은 엄마는 여러 일을 했다. 엄마가 어판장에 앉아 성게알을 보석처럼 빼낼 때마다 어린 나는 입을 벌렸다. 엄마가 성게 까는 일을 했던 곳도 그대로 있었다. 그건 사진처럼 장면으로 기억날 뿐이거나 또는 아예 실제로 보지 못한 일일 수도 있지만, 엄마가 그물에서 생선을 꺼낼 때마다 햇볕이 생선 등에 튀기는 걸 놀라듯이 바라본 것 같다. 아빠 친구들 배는 모두 신식으로 바뀌어 있어서 바닷가 그 자리에 있었던 것 말고는 그저 낯설었다.

그래도 엄마 손 잡고 시장을 다녀오던 길목이나 독사진을 찍고 싶다는 동생 뒤에서 입을 크게 벌린 채 장난을 쳤던

골목의 풍경은 내게 크게 다가왔다.

내가 초등학교 1학년이거나 2학년일 무렵 엄마는 학교 옆 냉면집에서 서빙을 했다. 매번 홀로 가는 하굣길을 엄마와 함께 가려고 나는 학교가 파하면 쪼르르 냉면집을 찾아갔다. 일하는 엄마가 신기했고 엄마 손 잡고 집 가는 길이 그렇게 따뜻할 수가 없었다.

한번은 엄마와 아빠가 부부싸움을 크게 한 적이 있었다. 아빠가 발로 차서 집 안의 유리문이 깨졌다. 아빠 발등에서 피가 철철 흘렀지만 나는 무서워서 아무 소리도 못 냈다. 엄마는 아마 심하게 맞고 난 뒤였을 것이다. 엄마는 집을 떠났고 나는 울면서 엄마를 따라갔다. 엄마는 혼자서도 사는 법을 배워야 한다고 말했다.

그로부터 3일 정도 엄마는 진짜 집에 들어오지 않았다. 대신 매일매일 전화를 해 주었다. 그러고는 다시 돌아왔다. 할머니가 고아원에 나랑 동생을 맡기고 가 버리라고 막말을 했지만 엄마는 끝끝내 우리를 버리지 않았다.

어릴 적의 몇 년은 성인 시절의 몇 년보다 더 크게 영향을 미치는 것 같기도 하다. 엄마는 내게 한 번도 화를 낸 적이 없었다. 뭐든지 스스로 고르게 했고 그렇게 고른 것은 아무리 형편이 어려워도 꼭 사 주었다. 내 물건을 마음대로 처리한 적도 없어서 모든 결정의 처음부터 끝을 모두 내가 하게 했다.

막내 외삼촌은 여러 가지 부침 속에서도 내가 이렇게 잘 자란 게 신기하다고 했지만 삼촌이 모르는 게 하나 있다. 엄마의 온전한 지지와 양육이 없었다면 나는 결코 지금의 내가 될 수 없었음을….

◖

어쩐지 엄마가 보고 싶은 밤이다.

7

고양이 말리

집 베란다에서 고양이 울음소리가 들리고 돌아가신 엄마가 우리가 키우자고 했던 꿈을 꾸고 난 뒤 일주일 되던 날, 말리가 우리에게 왔다. 심지어 꿈속에서 본 고양이와 말리는 모습조차 비슷했다.

예비 제부가 일하는 정비소에 자꾸 고양이 울음소리가 들린다는 말리부 차주가 들렀다고 한다. 타이어룸에 갇힌 고양이를 가까스로 빼냈지만 차주는 그대로 가 버렸고, 착한 예비 제부가 아깽이를 집에 데려와 씻기고 먹이며 보살폈다.

말리부 차에서 발견됐기에 이름은 '말리부', 애칭은 '말리'라고 지었다. 예비 제부의 성을 따서 '박말리'.

어쩐지 전 세계에 레게 열풍을 일으킨 명반 〈캐치 어 파이어(Catch A Fire)〉의 밥 말리(Bob Marley)가 생각나는 이름이다.

◀

꼭 엄마가 보낸 것만 같아 납골당에서도 엄마에게 말리 영상을 보여주었다. 말도 안되는 소리라고 일축했던 아빠조차 말리의 얼굴을 보고는 "우리 인연"이라고 말했다.

8

우리 엄마는 사자

열 살 어느 시기에, 나는 무지 우울했다. 옆자리에 앉은 남자아이가 툭하면 나를 때렸기 때문이다. 그 아이는 반에서 키와 덩치가 가장 컸기 때문에 열 살이라도 그 주먹은 매웠다. 마르기만 하고 키만 큰 나와는 달랐다. 나는 아무한테도 말을 못하고 그 아이의 괴롭힘을 견뎌야 했다. 그 애는 나를 놀리고, 때리고, 꼬집었다.

어느 날 엄마가 나를 붙잡고 물었다.

"늘 방실방실 잘 웃던 아이가 요즘 왜 이리 웃음이 사라졌지?"

나는 아무 일 없다고 말했지만, 계속되는 엄마의 추궁에 그만 눈물을 쏟고 말았다.

"최동욱이 자꾸 괴롭혀. 꼬집고 때리고 놀려."

한없이 눈물로 토로하는 나에게 엄마는 동욱이에게 확실히 의사 표현을 하라고 했다. 놀리지 말고, 때리지 말고, 꼬집지 말라고. 네가 그러면 내가 아프다고, 싫다고 두 눈 부릅뜨고 말하라 했다.

다음 날, 어김없이 나를 괴롭히는 짝꿍에게 엄마가 한 그대로 보여줬다.

'짜식, 이래도 나를 괴롭힐 테냐?'

당당하고 호기롭게 말했더니 최동욱은 잠시 벙찐 듯했다. 그러나 그다음 날부터 그 애는 다시 내게 장난을 치기 시작했다. 그 애는 장난으로 돌을 던졌을지 몰라도 개구리가 된 나는 너무 아팠다.

필리파 피어스 작가의《학교에 간 사자》를 읽다가 열 살, 그 여름이 떠올랐다. 베티 스몰을 괴롭히는 남자아이 잭 톨의 모습은 영락없이 나와 최동욱 같았다. 다른 점이 있다면 베티 스몰은 사자를 만났다는 거고, 나에게는 사자 같은 엄마가 있었다는 거다.

학교에 가기 싫어하는 베티 스몰을 태우고 사자는 학교엘 간다. 그러고는 베티 스몰을 괴롭히는 잭 톨을 향해 힘차게 운다. 그 뒤로 잭 톨은 겁을 먹어 베티 스몰을 괴롭히지 않았다는 얘기다. 결국 베티 스몰이 학교에 가기 싫어하는 이유는 자신을 괴롭히는 잭 톨 때문이었다는 걸 알 수 있다.

최동욱의 괴롭힘을 힘겹게 견디는 나를 보며 엄마는 어느 날, 결심한 듯 나와 함께 학교엘 갔다. 교실로 간 엄마는 내 자리를 확인하고 책상 가운데를 놓고 그어진 흰색 금을 보았다.

엄마는 최동욱을 따로 불러 복도에서 한참 이야기를 했고, 수업 잘 받으라고 내 등을 토닥인 뒤 표표히 사라졌다. 그날 엄마가 입은 옷도 기억난다. 베이지와 브라운 컬러가 섞인 줄무늬 티셔츠였다. 엄마의 뒷모습을 보는 게 그렇게 행복할 수 없었다.

그날부터 최동욱은 나를 괴롭히지 않았다. 그 애는 나를 조심스레 대했고 맛있는 것이 생기면 내게 먼저 권했다. 책상 위의 삼팔선도 사라졌고, 내가 선생님의 칭찬을 받으면 자기 일처럼 기뻐했다.

엄마가 학교에 왔던 날, 집으로 돌아가니 엄마가 나를 끌어안고 말했다.

"동욱이가 너를 괴롭히고 싶어서 그런 게 아니라, 너를 좋아해서 그런 거래. 우리 꽃지가 너무너무 좋은데, 그런 감정을 난생 처음 느껴봐서 당황스럽고 어떻게 해야 할지 몰라서 그랬대."

"좋아하는데 왜 괴롭혀?"

내가 이상하다는 듯 묻자 엄마는 환하게 웃으며 내 볼을 쓰다듬었다.

"어떤 사람은 감정을 표현하는 게 많이 서툴러. 동욱이도 그렇고 아빠도 그렇지. 그런 사람들한테는 방법을 알려줘야 해. 좋아하는 사람에게는 어떻게 행동해야 상대방이 나한테 관심을 가지고 바라봐 주는지 알려주면, 잘못된 행동은 멈추고 진짜 해야 할 행동을 하지."

"난 걔 싫어. 좋아할 수 없어!"

엄마는 머리를 쓰다듬으며 깔깔 웃다 눈을 동그랗게 뜨고 놀란 듯 말했다.

"우리 꽃지가 어느새 이렇게나 커 버렸네. 우리 꽃지를 좋아하는 사람이 다 생기고…. 엄만 너무 감격이야!"

그 뒤로 난 남은 학기를 잘 마무리하고 4학년이 되었다. 최동욱과는 다시는 같은 반이 되지 않았다.

엄마라는 언덕은 나날이 커져가고 있었다.

캣우먼이 된 엄마

미국 페미니스트들의 심장 루스 베이더 긴즈버그의 어머니
는 딸에게 두 가지를 인생의 지침으로 물려주었다고 한다.
첫째 독립적일 것, 둘째 주체적일 것.

　60살에 미연방 대법관이 된 루스 베이더 긴즈버그는 하
버드 로스쿨에서부터 모두가 인정하는 뛰어난 재원이었지
만 그녀의 삶은 차별에 맞선 일대기였다.

　법을 통해 불평등한 세상을 반대로 바꾸며 시대의 아이콘
이 된 루스 베이더 긴즈버그의 일화를 들으며 나름 독립적이
고 주체적인 삶을 살았다고 자부하는 나는, 나의 엄마를 떠
올릴 수밖에 없었다. 물론 엄마는 내게 인생의 지침 같은 걸
말해준 적이 없다. 다만 엄마는 늘 내 편이었다. 그 감각을 나

는 잊지 못한다.

엄마와 나는 서로를 늘 친구로 여겼다. 엄마는 나랑 다니면 심심할 새가 없다고 했다. 평소에 사람들 앞에서 그다지 말이 없는 나는, 엄마 앞에서라면 종일이라도 종알댈 수 있었다.

엄마는 지금까지 내가 사귀었던 모든 남자를 알고 있고 적어도 한 번씩은 그들을 만났다. 엄마는 내 친구들의 이름과 성격, 특징까지 아주 세세한 것들이라도 모두 알고 있었다. 엄마는 나의 하루 일과를 알고 있었고, 나의 고민이 무엇인지, 내가 어디서 스트레스를 받는지 알았다.

우리 엄마와 아빠는 늘 다른 사람을 존중하고 그들의 말을 경청해야 한다고 가르쳤다. 설사 내가 손해를 보더라도 타인을 먼저 배려해야 한다고 말했다. 그래서 때로는 내가 무지하게 손해를 보고 있는 건 아닌가 하는 생각을 할 때도 있었지만, 그래도 나는 엄마의 말을 들었다. 종종 지나치게 예의가 바르다는 말을 듣기도 했다. 33년을 그렇게 살았더니 이제는 예의를 갖추지 않는다면 내가 아닐 거라는 생각마저 든다.

엄마는 아닌 것에 있어서는 아니라고 말해야 한다는 것도 행동으로 보여줬다. 초등학교 1학년 때 나는 반에서 성적으로 1등이었고, 부반장이었는데 담임선생님은 이상하게 나를 좋아하지 않는 것 같았다. 늘 빨간 립스틱을 바르고 모피를 두르던 그 할머니 담임선생님이 나는 무서웠다. 선생님이 불러서 학교에 간 엄마는 담임선생님이 의뭉스럽고 교묘하게 촌지를 요구하는 걸 파악했다. 그러나 엄마는 촌지를 건네지 않았다.

그로부터 얼마 지나지 않아 나는 학교에 실험 관찰책을 가져가는 걸 깜빡했다. 담임선생님은 내게 앉았다 일어났다를 100번 하라고 말했다. 그때 당시 통지표에 늘 '영양실조'라고 적혀 있던 키만 크고 깡마른 나는 담임선생님이 말한 대로 딱 100번, 성실하게 앉았다 일어났다를 하고 5일 동안 걷질 못했다. 다리가 후들거렸다.

촌지를 주지 않아서였을까? 그러나 화난 엄마가 전화를 걸자 담임선생님은 나한테 앉았다 일어나기를 시킨 적이 없고, 죄책감에 시달린 내가 스스로 앉았다 일어났다를 100번이나 한 거라고 뻔뻔한 거짓말을 했다. 엄마는 우리 애는 거짓말을 하는 애가 아니라고 담임선생님에게 맞섰다.

5일 뒤 학교에 간 나는 더 이상 담임선생님이 무섭지 않았다. 선생님이 아주아주 잘 사는 집 애들만을 예뻐한다는 걸 나는 알았다. 그러나 그런 건 이제 내게 중요한 문제가 아니었다. 나는 내 할 일을 했다. 열심히 공부해서 기말고사에선 전 과목 백점을 받았다. 그렇게 나는 내게 중요하지 않은 사람에 대해선 신경 쓰지 않는 법을 배웠다.

내가 학교에 가기 싫다고 하면 엄마는 아무렇지 않게 담임선생님들께 전화를 해주었다. 하루 정도 학교를 나가지 않는 건 아무 문제가 아니라는 듯이….

중학교에 다닐 때 담임선생님이 내가 화장을 하고 다닌다고 엄마에게 전화를 건 적이 있다. 나는 누차 선크림을 바른 거라고 담임선생님에게 말했지만 믿어주질 않았다. 때로는 내가 지각을 한다고 엄마에게 전화를 건 적도 있었다. 담임선생님 말만 듣고 나를 윽박지를 법도 한데 엄마는 선생님이 잘못 안 거라고, 우리 애는 화장 따윈 하지 않는다고 말했다. 선크림을 바르고 가는 걸 엄마가 똑똑히 봤다는 거다. 갑자기 학교에서 먼 곳으로 이사를 해서 피곤하다 보니 종종 지각을 할 때도 있지만 그건 선생님이 이해해달라고 말해주었다.

나는 선천적으로 몸이 약했다. 엄마는 내가 다니고 싶다는 학원만을 다니게 했고, 내가 읽고 싶은 책들은 아빠에게 얻어맞는 일이 있어도 사 주었다(내가 책을 사는 걸 아빠가 왜 그리 싫어했는지는 모르겠다. 아빠한테 물어보니 본인은 그런 적이 없다고 한다. 누구 말이 사실일까?).

경제적으로 그리 넉넉지 않았던 나의 유년 시절은 엄마로 인해 풍족하게 채워졌다. 나에 대해서 잘 알지 못하는 친구들은 우리 집이 부자라고 생각했다. 그만큼 나는 구김 없는 어린 시절을 보냈다. 이 모든 것이 나의 엄마 덕분이었다.

어제 꿈에 엄마가 캣우먼이 되어 나타났다. 타이트한 가죽 코스튬을 입은 엄마의 뒷모습이 당당하고 멋졌다.

"엄마!" 하고 부르자 엄마는 윙크를 하며 뒤를 돌아봤다.

역시 엄마는 영원한 나의 히어로였다.

여름 매실의 맛

아빠가 매실을 20킬로그램이나 따 왔다 한다. 엄마가 돌아
가시고 동생은 지속적으로 복통에 시달리고 있는데, 복통
엔 매실액이 좋으니 차도가 있었으면 해서 따온 거다.

동해는 어제 태풍으로 비바람이 몰아쳤는데 아빠는 비
를 흠뻑 맞으며 매실을 땄다. 많아도 너무 많아서 동생이 매
실액과 매실주를 다 담그려 했는데 아빠는 오늘 도와준답
시고 동생 퇴근 전에 매실주를 직접 담갔으나 실패했다고
한다. 매실액은 담금통을 잘 소독하는 게 우선인데 그걸 잘
했는지 의문이란 거다.

너무 많은 매실의 일부는 우리 아파트 이웃들에게 돌아갔다.
엄마가 나누는 매실 같아서 괜시리 코끝이 찡찡했다.

해사한 웃음을 가진 엄마의 기억

끝이 없을 것만 같은 터널을 지나고 있었다. 주위를 둘러봤지만 주위는 온통 어둠뿐이어서 아무리 둘러봐도 빛을 보기는 어려울 것 같았다. 밤의 고속버스, 그 안에 시루떡처럼 누워 있는 사람들은 저마다 혼곤한 잠에 빠져 있는 듯했다. 나는 잠이 쉬이 오지 않았고 막상 잠에 들라치면 어젯밤에 꾼 꿈이 생각나 다시 눈이 떠지곤 했다.

나는 아버지를 죽였다. 까만색 승용차의 뒷좌석에 앉아 있던 아버지를 죽였다. 차창을 두드려 아버지가 창을 열게 만들었다. 창이 스르륵 내려가자 주머니에 숨겨두었던 시퍼런 칼을 꺼냈다. 그리고 아버지의 얼굴에 그 칼을 내리꽂았다. 아버지의 얼굴이 주욱 긁혀 피가 떨어지는 순간, 악소리도 내지 못한 채 잠에서 깨어났다.

꿈이라기엔 너무나도 생생했기에 식은땀을 줄줄 흘리면서도 꿈속의 어두운 색채에서 벗어나지 못했다. 벗어나려 하면 할수록 더욱더 꿈의 세계로, 그 어두운 색채 속으로 빨려 들어갈 것만 같았다. 어느새 나의 몸엔 온통 어둠이 묻어 어둠 범벅이 되었고, 나는 또 뜬눈으로 새벽을 맞이해야 했다.

이 차가 갑자기 다른 차와 부딪혀 산산조각 나고 그래서 다가올 나의 죽음을 상상해보았다. 지금 죽어도 여한이 없을 것 같았다. 단 한 번도 나의 존재 가치를 대단하게 여겨본 적이 없었다. 감히 이 세상에 태어났기에, 삶을 스스로 선택한 건 아니지만 그럼에도 감히 이곳에 던져졌기에 묵묵히 그 삶을 감내할 뿐이었다.

그건 삶이 내게 준 형벌이었고 나는 온몸으로 그 형벌을 짊어져야만 했다. 내가 결정할 수 없었던 그 일에 대해 원망해본 적도 없었다. 그건 온전히 나의 몫이어야만 했다. 원망하면 할수록 더더욱 형벌의 무게에 짓눌릴 것 같았다.

그래서 나는 온전히 모든 잘못을 나에게 돌리는 쪽을 택했다. 내가 없으면 나를 이 세상에 태어나게 한 부모와 동생이 짊어질 형벌의 무게가 더욱 커질 것이다. 이글거리는 고통을 차마 토해내지 못하고 품고 있어야만 하는 사람이 한 명이라도 더 늘어나는 걸 견딜 수가 없었다.

터널을 지날 땐 숨을 참았다. 언젠가 어릴 적에 터널을 다 지날 때까지 숨을 참으면 소원이 이루어진다는 말을 들은 적이 있었다. 숨을 참고 눈을 감고 터널이 끝나길 기다리며 하염없이 소원을 되뇌었다. 언젠가는 이 터널이 끝날 것을, 끝나고야 말 것을 나는 알았다.

터널을 지나고 눈을 뜨자 차창 밖으로 비가 내리는 게 보였다. 나는 떠오르는 지난 기억에 몸을 맡겼다.

공연장에서는 한창 악극이 진행 중이었다. 나는 카운터에서 멍하니 통유리창을 바라보고 있었다. 그렇게 빗방울이 낙하하는 모습을 지켜보았다. 그들은 위에서 아래로 끊임없이 떨어지고 있었다. 바닥에 닿은 빗방울들은 잠시 위로 솟구쳐 오르는 듯했지만 이내 땅으로 떨어져 그 속으로 스며들었다. 나는 고스란히 그 모습을 지켜보았고 떨어지는 빗방울 하나하나가 모두 우리 가족을 닮았다고 생각했다.

그래서였을까? 천천히 낙하하는 수만 개의 빗방울들이 아스팔트를 적시던 그날, 공연장 아르바이트를 그만둔 것은…. 명품 가방을 둘러멘 손님들을 맞으며 그보다 두세 단계 아래의 브랜드 가방을 둘러멘 동료들의 시기 어린 욕망을 벗어나고 싶었던 것은…. 일당을 모아 다음 달엔 꼭 프라다를 사고 말겠다는 그녀들의 무리에서 떨어진 것은…. 무소불위의 권력을 가진 듯하지만 사실은 한없는 밑바닥에서 발버둥 치는 아르바이트생들을 부리고 그들을 비웃는 것에서 기쁨을 맛보는 매니저의 형편없는 감정 기복으로부터 헤어난 것은…. 주위의 모든 것이 끊임없이 낙하하고 또 낙하할 뿐, 그뿐이었다. 자칫 솟아오르는 것 같지만 다시금 바닥으로 떨어진다.

바닥을 치는 자의 기분은 바닥을 치는 자만이 알 수 있다. 그가 아니고선 영영 알 수 없고 누구 하나 알려고 들지도 않을 것이다.

끝없는 밤의 바닥을 밟아 보았다. 그곳은 생각보다 단단했다.

기사님에게 고맙다는 인사를 하고 서울의 공기를 묻힌 채로 밤의 택시에 몸을 실었다. 택시기사는 한 번 홀깃 쳐다보더니 묵묵히 운전에 집중하기 시작했다. 아무래도 나의 남루한 피곤을 감지한 듯 보였다.

휴대전화를 들어 엄마의 번호를 눌렀다. 늙어가는 엄마가 새벽의 고단함과 반가움이 한데 섞인 목소리로 전화를 받았다.

"무사히 고향에 도착했으니 10여 분 후면 집에서 얼굴을 볼 수 있을 거야."

엄마는 무엇이 그리 좋고 기쁜지 연신 고맙다는 말을 반복했다. 이미 잠자리에 들 시간을 지나 몸을 가누기가 힘들 터인데도 객지에서 돌아온 딸 앞에선 그런 티를 내지 않으려고 각별히 주의하는 느낌이었다.

가련한 여인. 엄마의 삶이 너무나도 안타까워서 나는 견딜 수가 없었다. 그때 밤의 택시에서 잘 아는 노래 한 곡이 흘러나왔다. 노래는 스피커에서 흘러나와 투명하게 몸을 감쌌고, 그러자 심장에 자리 잡은 포도덩굴이 사납게 자라고 있음이 느껴졌다.

나는 창밖을 바라보았다. 고향의 밤은 어두웠고 고요했고, 한없이 아팠다. 택시기사에게 현금을 지불하고 잔돈은 거절했다. 안녕히 가라는 인사를 건네고 택시 문을 닫으며 그만 밤하늘을 올려다보았다. 고향의 밤하늘엔 놀랍게도 별이 떠 있었다.

현관문을 열자 엄마가 기쁜 얼굴로 뛰어나왔다. 엄마의 얼굴은 지지난 달 설에 봤을 때보다 더 부어 있었다. 오랜 우울증으로 인한 불면과 그로 인한 약물 중독으로 엄마의 몸은 나날이 쇠약해져가고 있었다. 퉁퉁 부은 엄마를 끌어안았다. 포도덩굴의 가시가 나의 심장을 찌르는 듯 가슴팍

이 따끔거렸다. 엄마의 부은 얼굴을 쓰다듬어 보았다.

"얼굴은 또 왜 이렇게 부었어? 병원에서 또 약을 바꾼 거야?"

높낮이가 없는 내 물음이 엄마에게 가 닿았으나 귀가 잘 들리지 않는 엄마는 그저 내 손에 당신의 얼굴을 맡긴 채 해사하게 웃을 뿐이었다.

◀

매일 밤, 매일 낮 떠오르는 엄마의 해사한 웃음….

12

엄마의 세계, 아빠의 세계, 가족의 세계

"왔어?"

방문을 열고 간신히 얼굴을 내민 동생의 담비 같은 눈동자는 나의 기척을 좇는 듯했다. 행여나 나의 뿌리가 흔들릴까 저어함을 담은 서어함으로. 그러자 몸의 어떤 한 부분이 소진되어감을 느꼈다. 그리고 그날 기진한 채 잠 속으로 기어들었을 때, 예사 그 꿈이 찾아왔다. 아주 어릴 때부터 잠든 나의 머리맡을 파고들던 바로 그 꿈이었다.

나는 아주 깊은 숲 한가운데에 있다. 일견 울창한 초록의 숲이 보이는 듯싶더니 장면은 빠르게 줌인돼 온통 하얀 벚꽃 나무들 아래 내가 뱅글뱅글 돌고 있다. 그곳의 벚꽃잎들은 놀랄 만치 투명했다. 흰 빛에 맑음이 어려 시나브로 춤을 추며 떨어지고 있었다.

그러나 나는 그러한 풍경을 즐길 수가 없었다. 멈추고 싶어도 발걸음이 멈춰지지 않았다. 그저 계속 제자리를 맴돌 뿐. 입이 바싹바싹 마르고 목이 타들어갔다. 나는 창백하게 질린 얼굴로 발밑을 내려다본다. 발목 부분에 스트랩이 달린 와인색 구두가 마치 내 몸을 들어 올리듯 나를 돌리는 것 같다. 하나로 묶은 긴 머리칼이 어깨에 닿으며 찰랑거린다.

나는 비로소 지구가 둥글다는 걸 확신한다. 구두가 나를 돌리는 건 아니다. 뭐라고 정의할 수 없는 어떤 힘이 나를 조종하고 있는 거다. 숨이 차고 머리가 어지럽다. 멀미가 나 토할 것만 같고 다리에도 힘이 풀리기 시작한다.

이곳은 뱅글뱅글의 세계. 나도 뱅글뱅글, 떨어지는 벚꽃잎도 뱅글뱅글, 머리칼도 뱅글뱅글, 민트 컬러의 체크 원피스도 뱅글뱅글, 원피스에 받쳐 입은 화이트 롱 블라우스의 둥근 칼라도 뱅글뱅글.

맑은 하늘이 차차 어두워진다. 꿈속 카메라는 이내 지척에 있는 한 남자를 보여준다. 심장에 두려움이 번진다. 남자는 눈만 빼꼼히 내놓고 있을 뿐 얼굴 전체에 복면을 두르고 있다. 온몸에 까만 천을 두른 남자. 그가 누구인지를 알려주는 피부 세포 단 하나라도 훔쳐볼 수가 없다. 오직 드러나 있는 그의 눈만이 그가 어떤 사람인지를 알려주는 듯하다. 길게 찢어진 그의 눈매가 싫다. 그 눈에서 번뜩이고 있는 그 무엇이 나를 소름 끼치게 한다.

더욱더 여기에서 벗어나고 싶다. 이 세상의 모든 아름다움을 다 내 앞에 가져다준대도 여기에서 도망치고 싶다. 두 발이, 두 손이 달달 떨려온다. 그러나 멀리서 보기에 나는 춤추는 것 그 자체에 푹 빠져 주위의 어떤 것도 돌아보지 못하는 도취 상태에 빠진 것만 같다. 아주 귀엽고 아주 사랑스러운 그 몸짓이 바람에 날리어 가볍게 움직이며 주위에 찬란함을 흩뿌려 놓는다. 팔랑거리며 나리는 흰 벚꽃잎 역시 잠시도 쉬지 않은 채 떨어지고 있었다.

일전에 이 꿈 이야기를 동생에게 한 적이 있었다. 초등학교에 채 입학하기도 전부터 반복적으로 꿔오던 꿈이었다. 누군가에게 말하기도 겁이 나 꼭꼭 감춰오던 꿈 이야기를 동생에게 했던 건 왜일까?

어느 눈 내리던 밤, 창문으로 차가운 눈 구경을 하면서 나도 모르게 그 꿈 얘기를 동생에게 흘렸던 것 같다. 내리는 눈송이가 꿈속의 투명하고도 흰 그 벚꽃비와 닮아서였을까?

꿈은 소리 없이 나에게서 새어 동생의 고막으로 흘러들어 갔고, 동생은 내리는 눈송이들을 바라보며 그저 "신기한 꿈이네" 하고 중얼거렸을 뿐이었다.

그랬던 동생이 미용실 손님에게 추천받아 들른 점집에서 그 꿈 이야기를 했다고 말했을 때, 나는 적잖이 놀랐다.

"그 점쟁이 말이, 장녀로서의 책임감이 꿈에 투영됐다고 하더라?"

"대체 그 꿈 어디에 그런 게 배어 있다는 거야?"

나는 동생에게 되물었다.

"끊임없이 돌고 있는 언니 모습에. 그리고 그런 언니를 지켜보고 있는 그 남자의 눈빛에."

나는 어리둥절했다.

"이 꿈이 그렇게 해석되나? 뭐야! 그 점쟁이 못 믿겠어."

"나는 그 점쟁이 말에 어느 정도 일리가 있다고 생각해."

동생의 말에 나는 콧방귀를 뀌었다.

"웃겨. 나는 그런 거 없다니까."

"글쎄, 모르겠어. 점쟁이의 말을 듣는 순간엔 '아아, 그렇구나. 언니란 사람, 그랬어. 그런 사람이었어. 좀 가엾다' 뭐 그런 생각이 들었단 말이야. 그렇다고 내가 언니에게 뭘 해주겠다거나 또 해줄 수 있는 것도 아니지만 그냥, 그렇다고."

그러면서 동생은 이불속 나의 품으로 파고들었다. 우리가 한 침대에서 잠을 자던 시절이었다. 우리는 자매라기보다는 친구 같았다. 나는 그러한 관계가 좋았다. 모두에게 친구이고 싶었다. 엄마, 아빠에게도.

그래, 그날 밤은 모처럼 곤한 잠을 잤던가. 아무 꿈도 찾아오지 않았던가. 아침을 맞기가 외줄을 타는 것처럼 공구하지 않았던가.

실은 지난 매일을 고단한 척추를 느끼며 시작했다. 나의 척추는 다른 사람의 그것과는 달랐는데, 가끔은 나도 알 수 없는 누군가가 내 척추뼈로 기타를 연주하는 듯한 통증을 느껴야 했다.

일곱 번의 수술에도 나의 척추는 다른 이들의 척추와 같아질 수 없었고, 마지막 수술 후 입가를 실룩이는 의사의 미소에서 나는 평생을 척추가 주는 고통에 잠겨 그것이 고통인 줄도 모르며 지내야 함을 예감했다. 그리고 예감대로 고통은 곧 나의 것이 되었다.

고통 속에서 나는 마치 물속에 잠겨 있는 아이와도 같았다. 고통 속에서 발버둥 치던 처음과 달리 시간이 시나브로 넘어가면서 고통 속을 유영하게 되었고, 이내 샴쌍둥이처럼 고통과 딱 붙어 있을 수 있게 되었다.

태초에 하나였던 것 같은 느낌이 계속되면서 그것은 오히려 분리가 더 어렵게 변해버렸다. 언젠가 내가 사그라들 때 고통 또한 나와 함께 사라져가고 그렇게 나와 함께 묻힐 것을 나는 알았다.

미역이 위에 붙듯 고통이 내게 달라붙을 때마다 엄마는 나를 쓰다듬고 깊은 밤이 더욱 캄캄해질 때까지 이야기를 들려주고는 했다.

"너는 참으로 별난 아이였지. 낮에는 이 세상에 없다는 듯 잠들고 밤에는 제발 이 세상에서 날 좀 꺼내 달라는 듯 울더라. 지금 생각해보면 딱 네 아빠를 닮았던 건데, 그땐 아무도 그걸 몰랐지. 네 아비가 널 늘 짓밟으려 들었지. 탄광에서 온몸에 석탄을 묻히고 와 씻지도 않고 잠들기 전에, 섯다 할 돈이 부족하다고 옷장 깊숙이 숨겨둔 월급봉투를 눈이 벌게져 가며 찾기 전에, 반찬 가짓수가 왜 이리 적냐며 나를 흠씬 두들겨 패기 전에, 빽빽 울고 있는 네 작은 몸을 마구 짓밟으려 했지. 그때 내가 달려가 널 감싸 안으면 그날은 어김없이 나도 짓밟혔다. 네 울음소리 속에 혼곤한 내 신음소리가 합쳐지고 나서야 분이 풀리는 사람이었으니까, 그 사람은…. 굽어 있는 네 척추를 보면, 짓밟히고 또 짓밟히던 그 밤 생각이 나. 안그러려고 하는데도 자꾸 떠올라. 이상하지? 그런 기억은 사라지지도 않는다. 지워지지가 않아. 그저 계속 선명해질 뿐 휘발되지 않아."

그러면서 엄마는 자동차 보닛맛이 나는 위장약과 환자의 말은 한 귀로 듣고 한 귀로 흘려버리는 의사가 처방한 파란 수면제를 차례로 털어 넣었다.

매일 어제보다 더 부서지고 있는 엄마를 지척에서 지켜보면서도 나는 아빠를 온전히 미워할 수가 없었다. 나의 척추에 매스가 일곱 번 가 닿을 때 칠천 병의 알코올이 아빠의 혈관을 타고 흘렀음을 알기 때문이다.

아빠의 깨지기 쉬운 연약함을 인생의 삼분의 일이 지난 오늘에서야 알았다는 게 패착이라면 패착이었다. 아빠의 무름과 약함을 깨닫기에 나는 너무 바빴다. 좁은 아빠의 방 밖에서 나는 늘 아빠의 세계를 들여다보고자 종종거렸다. 그러나 숨 죽은 파김치 같은 음성으로 열 시간, 열한 시간 계속되는 아빠의 혼잣말이, 고래고래 나의 이름을 소리쳐 부르는 아빠의 핏발 선 음성이, 앞에서 식칼을 들고 휘두르던 일이 기억나지 않는다는 아빠의 실상 없는 말이 잊고 있던 다른 일들을 생각나게 만들었다.

눈을 뜨고 있으면서 자는 척을 하고, 살아 있는 척하면서 죽어 있는 날들 속에서 나는 뛰다가 걷고 걷다가 걸음을 멈추었다. 끝이 없는 굴속으로 하염없이 걸어 들어갈 때에 나는 어린 날의 내 모습을 보았다.

풀리지 않는 수학 문제를 앞에 둔 채 귀를 막고 끙끙대다가 고막을 찢을 듯한 "와장창" 소리에 놀라 뒤돌아봤을 때 발등이 찢어져 피가 흐르는 채로 엄마를 노려보던 아빠의 붉은 눈, 부러진 코를 감싸며 쓰러지면서 "도망가"라고 외치던 엄마의 까만 동공, 그저 동생의 손을 잡고 현관문을 넘어 달리던 그 어느 날. 유난히도 내가 무서워하던 주인집 할머니의 불도그가 앞길을 막아섰을 땐 차라리 어둠의 진창으로 곤두박질치고 싶던, 하릴없이 동생의 손만 꽉 그러쥐었던 내 모습.

수학은 깨끗이 포기하면 그만이지만 세상이란 곳은 그렇지 않다는 걸. 이 세상이란 곳은 수학보다도 더 어려운 곳이라는 사실을 깨달을 수밖에 없었던 그날의 기억과 기어코, 마주해야 했다.

13

엄마를 얼마나 이해하고 있습니까?

엄마는 아빠에게 불만이 많았다. 엄마가 몇 십 년 전 과거를 두레박으로 긷듯 끌어올리는 걸 보면 나도 엄마를 이해하기 힘들었다. 한편으론 얼마나 쌓인 게 많았으면 저렇게 화수분처럼 끝도 없이 과거지사가 흘러나오나 연민을 느끼기도 했다.

엄마가 아빠에게 갖는 가장 큰 불만은 뭐든지 함께하지 않는다는 것이다.

"다른 집 남편들은 장도 부인과 함께 보고 놀러도 함께 가고 심지어 계모임에도 부부 동반으로 간다는데 우리 집은 어찌된 게 늘 따로따로야!"

그런 말을 들을 때면 나도 늘 고개를 끄덕였다. 그건 정말이지 서운할 만한 일이라고 생각했다.

아빠는 밖에서는 외향적인데, 집에서는 대인기피적이라 할 만큼 내성적이고 조용한 성격이었다. 아빠는 늘 방문을 닫아걸고 혼자 있었다. 묻는 말에도 대답이 없을 만큼 말이 없는 아빠는 이상하게 술만 마시면 말이 많아졌다.

그런 때에 아빠는 외롭다고 했다. 여자 셋이서만 하하호호 재미있게 지낸다며 본인을 따돌리는 거 아니냐고 했다. 황당했다. 방문을 닫은 건 아빠 아니었던가. 아무리 물어도 대답을 하지 않았던 건 아빠 아니었냔 말이다.

엄마는 힘들어 했다. 남편이라고 있으면 의지가 되어야 하는데 남편의 대인기피증이 집안일은 뭐든 엄마 혼자 알아서 하게 만들었기 때문이다.

엄마는 이사할 집도 혼자 알아보고, 계약서도 혼자 쓰고, 남편의 떼인 월급도 혼자 받아냈다. 수줍음 많고 소녀 같던 엄마가 세월이 흐르면서 뭐든 알아서 하게 된 데에는 이런 사연이 있었다.

나는 두려웠다. 엄마처럼 살게 될까 봐 무서웠다. 때때로 그런 삶을 생각하면 숨이 막혔다. 등줄기에서 식은땀이 흐르는 듯했다. 엄마처럼 살기 싫었고, 아빠 같은 남자는 만나고 싶지 않았다.

언제부터였는지 나는 아빠 같은 남자는 절대 만나서는 안 된다고 생각했다. 엄마가 힘들어 하는 모습을 옆에서 오랫동안 지켜봐 왔기 때문인지도 모른다. 인생의 실패를 하나라도 줄일 수 있다면 대개의 사람들이 그 길을 택하지 않을까? 나 역시 그러했다. 때때로 나는 애인들에게 아빠의 못마땅한 점에 대해 이야기했다. 그리고 애인들 중 누군가가 우리 엄마를 힘들게 했던 아빠 같은 모습을 보이면 화들짝 놀랐다. 그리고 엄숙한 태도로 애인들에게 선언했다.

"지금 네 행동은 내가 싫어하는 우리 아빠의 모습과 판박이야."

애인들이 들을 수 있는 최대의 욕이었고 모두들 그 말만은 듣기 싫어했다. 아빠 역시 나에게 자신 같은 남자는 만나서는 안 된다고 했다. 코미디고 난센스지만 실제로 그러했다.

"소주 두 병 이상 먹는 남잔 절대 만나지 마."

술 때문에 엄마를 어지간히 고생시켰던 아빠는 딸이 아빠처럼 술고래인 남자를 만나 고생할까 걱정하는 것처럼 보였다.

"엄마!"

때때로 나는 소리 내어 엄마를 부르고 싶었다. 사랑이 다 뭐고 결혼이 다 뭘까 싶던 건 결혼 직전이었다. 그때도 지금도 30여 년째 결혼생활을 지속한 엄마가 그저 대단해 보인다. 어쨌거나 나의 부모는 끝내 헤어지지 않았으니까. 그것이 잘된 결정인지 아닌지는 모르겠지만 말이다.

어린 시절, 밤에 자다 깨어 거실로 나갔더니 슬립만 입은 채 아빠와 꼭 끌어안고 자던 엄마의 모습을 보았던 생각이 났다. 그때 엄마, 아빠는 각방을 썼는데 둘이 그리고 같이 있는 모습을 보게 되니 참으로 당황스러웠더랬다. 그리고 나중에 나이가 들어 그 당황스러움은 어쩐지 야한 느낌을 주는 그 모습 때문이었는지도 모른단 생각이 들었다. 다른 사람들이 아닌 바로 내 부모였으니 말이다.

그런데 지금 돌이켜보면 엄마, 아빠는 그때 나만큼 당황하지 않았던 듯싶었다. 어쩌면 이것은 실제로 일어난 일이 아니라 꿈에서 내가 보았던 풍경인지도 모른다. 지금도 곧잘 그러하지만 나는 꿈과 현실을 잘 구분하지 못한다. 늘 그 경계에 서 있던 삶이었다.

"엄마!"

부르다 보면 눈물이 날 것 같은 단어. 약을 찾는 엄마의 엉금엉금한 무릎걸음이 떠올랐다. 어떤 병에 걸리면 낫기 위해 그 병에 해당하는 30알 분의 삶을 삼켜야 한다. 삼켜내야 한다. 그마저도 하나의 병의 무게다. 병들의 무게는 엄청나서 엄마는 도저히 다시 설 수 없을 것처럼 보였다.

지나간 삶의 스산함은, 늘 가장 최악인 것처럼 보였던 그 순간이 지나고 나면 지금보다 낫다는 것이다. 매일 최악의 순간을 감내하지만 지나고 나면 최고의 순간들. 역설의 무게에 질식할 것 같은 순간. 그 순간에 꾸던 꿈속에서 쌀은 눈처럼 떨어졌다. 누런 쌀을 걷어내니 흰쌀들이 나왔다.

어떤 날은 잠에 들자마자 깨어났고, 밤이 되자마자 아침이 됐고, 집에 오자마자 출근을 했다. 빛이 아롱지며 손톱 위에 떨어졌다.

엄마가 돌아가신 뒤부터 나는 눈을 내리깔고 걷는 버릇이 생겼다. 기온이 한없이 낮춰져 있었다. 봄이지만 겨울 같은 날씨가 계속되고 있었다. 나는 늘 오한이 든 것처럼 몸이 떨렸다.

14

터널을 지나 천국으로 걷기

"숨 참고 소원도 빌었니?"

동생의 음성에 눈을 떴다. 터널을 지나는 내내 눈을 감고 숨을 참았지만 역부족이었다. 터널은 길었다. 나는 고개를 절레절레 흔들었다. 어차피 그 미신을 믿지도 않았었다. 단지 매달려 있었을 뿐. 붙잡고 있었을 뿐.

여기까지 오는 데 굉장히 오래 걸렸다는 생각이 들었다. 한 사람의 생(生)만으로도 버거운데 네 사람의 생이 휘청였다. 각자의 생과 생이 손을 잡을 수 있을까? 아직은 서로 용서해야 할 일이 너무나도 많은데…. 이해하기도 쉽지 않지만 이해가 정답이 될 수도 없을 텐데….

손을 잡는다면, 그 생은 조금이라도 단단해질 수 있을

까? 한 달 보름 동안의 입원비를 수납하면서도 머릿속은 심하게 팔딱거렸다. 고통이 나와 하나가 되었듯이 이 거슬리는 두근거림도 내 안에 녹아내려 합쳐질 수 있을까?

담배 연기가 허공 중에 흩어진다. 아빠가 태우는 라일락이다. 아빠의 흔적은 병원 매점에도 남아 있어서 한 달 보름 동안 십만 원어치가 넘는 라일락을 태웠다.

"때때로 캐러멜 맛이 혀끝을 감도는 스카치 캔디도 사 드셨어."

매점 아주머니의 말이 그나마 위안이 되었다.

나는 아빠처럼 도넛 모양을 만들 수는 없었다. 그래도 담배는 아빠에게 배웠다. 엄마가 외출한 새 노란 겨드랑이 털을 지닌 여자가 나오는 외국영화를 보면서 일곱 살의 나는 아빠에게 담배를 배웠다. 켁켁거리는 나의 등을 몇 번 토닥이며 아빠는 도넛을 세 번이나 만들어주었다. 어린 나는 깔깔거리며 "한 번 더! 한 번 더"를 외쳤다.

그 도넛 때문에 나는 내 마음에 진짜 큰 도넛이 생겼어도 이 또한 흩어지는 연기가 될 거라 웃어넘길 수 있었다. 가슴 한가운데에 도넛처럼 뻥 뚫린 구멍이 연기처럼 사라질 때 비로소 나는 끊을 수 있을 것이다. 담배도, 두근거림도, 벗어나려 하면 할수록 점점 더 나를 옥죄어오는 그 무엇도.

정문으로 아빠가 걸어 나온다. 엄마와 동생이 저만치서 아빠를 기다리고 있다. 햇살 속에 휘청이는 아빠의 모습이 눈부시다. 따가운 햇볕 속에 쪼그라드는 눈을 애써 치켜뜨고 천천히 아빠에게로 걸어간다. 돌아가는 길에 맞닥뜨리게 되는 터널에서 절대 눈을 감지 않아야지. 숨을 참지 않아야지. 소원도 빌지 않아야지. 그저, 눈을 부릅뜨고 아빠와 엄마의 손을 잡아야지. 저들과 함께 딱 한 번만 터널의 빛을 볼 수 있다면….

6년이 지나 나는 여전히 걷고 있다. 아빠와 엄마와 동생의 손을 잡고 걷고 있다고 생각했는데 엄마는 연기처럼 사라졌고, 부유하는 공기 속에서 다만 엄마를 느낄 뿐이다. 그래도, 걸어야 할까? 걸어야 한다. 걸을 수밖에 없다. 아직은 걷는 것 외에 무얼 할 수 있을지 알지 못하므로….

◀

여전히 나는 걷고 있다.

15

엄마를 검색하다

실종된 딸을 찾는 아빠의 이야기를 다룬 영화 〈서치 (Searching, 2017)〉를 봤다. 친구들과 스터디 모임 후 갑작스럽게 사라진 딸, 그 딸을 찾기 위해 아빠는 딸의 노트북에서 딸의 흔적을 접속하게 된다. 마치 네티즌 수사대처럼 딸을 웹상에서 추적하는 새로운 형식의 스릴러로 인상깊었던 영화였다.

그러나 이 영화의 서사에서 가장 중요한 정서적 축은 엄마의 죽음 후 남겨진 가족이 그 상실을 어떻게 극복하느냐이다. 죽은 엄마의 빈자리가 아빠와 딸에겐 너무나도 크지만 그들은 서로에게 상처가 될까 봐 엄마의 이야기를 각자의 가슴에 묻는다.

때로 딸은 아빠 앞에서 엄마의 이야기를 꺼내놓고 자신의 고통에 대해 얘기하고 싶어 하지만 전형적인 동양인 아버지에게 목구멍까지 차오른 엄마 이야기를 차마 할 수가 없다. 아버지 역시 텅 비어버린 채로 자신의 아픔을 속으로 삭이고만 있다. 딸 몰래 처방받은 수면제를 먹으며 불면의 밤을 달래고 우울증 치료를 받으면서 말이다. 어쩐지 나의 아빠가 떠오르는 영화였다.

이 영화를 보며 나는 가족의 죽음 이후 남겨진 또 다른 가족에 대해 생각하게 됐다. 병으로 죽은 엄마의 상실 앞에서도 남겨진 가족들은 무너질 수밖에 없는데, 하다못해 자살 유가족들은 어떨까? 자살 유가족들은 우울증에 빠지기 쉽다. 특히 다른 사람의 죽음을 액면 그대로 받아들이지 못하는 '남'들 때문에 더욱 그렇다.

자살 유가족들은 항상 손가락질에 시달려야 한다. '가족이 도대체 어떻게 했기에 또 다른 가족 구성원이 자살을 했을까?' '그 죽음에 남겨진 가족들은 책임이 없을까?' 등, 자살 유가족들은 그러한 손가락질 속에서 죄책감을 내면화한다. '나 때문일지도 몰라'에서 '나 때문이야'로 번지는 건 순식간이다.

우리 가족 역시 아직도 죄책감에서 벗어나지 못하고 있

다. 엄마는 왜 스스로 목숨을 끊어야 했을까? 우리에겐 책임이 없을까? 우리가 뭘 잘못했을까? 단 한 번이라도 엄마가 이해받고 있다고 느낀 적이 있었을까? 켄 리우는 '내가 낳은 아이들이 부모로서의 나를 과연 이해할 수 있을까?' 하는 두려움 때문에 《종이 동물원》이라는 소설을 썼다고 했다. 중국인 엄마를 받아들이지 못하는, 스스로를 '미국인'이라 여기는 아들 잭과 엄마의 갈등이 이 작품엔 세밀하게 그려져 있다.

'우리 엄마도 켄 리우 같은 두려움을 느꼈을까?'라고 생각하면 마음이 콕콕 쑤셔온다.

남겨진 가족들은 오늘도 엄마와의 과거를 뒤져본다. 그 과거는 때로 애틋하고, 때로 따뜻하다. 그럼에도 회상을 멈출 수 없는 건 그렇게 하는 것이 엄마를 추억하는 유일한 길이기 때문이다. 모성에 대한 우리 모두의 부채감은 끊임없이 엄마를 반추하게 한다.

한 죽음은 지속적으로 삶을 환기시킨다. 많이 고통스럽더라도 엄마를 그리는 일을 멈출 수 없는 이유다.

#16

상실 이후의 삶

우리 시대가 잃어버린 것은 대체 무엇일까? 언젠가부터 우리 시대가 무언가를 상실했다는 생각을 지울 수가 없다. 우리는 우리가 알지 못하는 무언가를 잃어버렸으나 그것을 잃어버리기 전의 기억이 우리에게 아직 남아 있으므로, 끝없이 상실의 대상을 그리워하며 살아가고 있지 않나? 그것이 9.11 테러 이후인지, 3.11 동일본 대지진 이후인지, 세월호 사건 이후인지는 알 수 없으나 과거에 우리가 아무것도 잃어버리지 않았던 그때가 우리의 가슴속에 살아 있는 것만은 분명하다.

2018년 5월 25일, 엄마가 돌아가신 그 봄날 이후로 내게는 거의 모든 이야기가 상실의 테마로 다가오고, 그 각각의 이야기들은 각자의 색깔로 변주될 뿐이라고 여겨진다. 나만의 상실이 아니라 모두의 상실임을 느끼고 싶은 걸까? 아니면 나의 상실을 받아들이는 데에 다른 이들의 상실이 필요한 걸까?

그러나 한 가지 확실한 건, 이 상실이 비단 '엄마를 잃어버린 딸'인 나 개인의 이야기에서 그치는 것이 아니라 우리 시대 전체가 겪고 있는 고통처럼 느껴진다는 것이다.

잃어버린 대상보다 더 중요한 건 상실 이후의 삶이다. 사라진 그 무엇이 묻힌 자리에 꽃을 피우기 위해 우리에게 필요한 것은 무엇일까?

◀

상실 이후의 삶보다 더 중요한 건 삶 그 자체가 아니라 어떻게 살아가는가일 테다. 엄마를 잃고 내가 쓰는 이유도 여기에 있다.

#17

우리 마음속에 사는 금빛 천사

하루는 남편이 남자화장실의 풍경에 대해 이야기해줬다. 그곳에는 '남자가 흘리지 말아야 할 것은 눈물만이 아닙니다'라는 글귀가 적혀 있다고 한다. 사회가 남자들의 눈물을 받아들이지 못하기 때문일까? 나는 살면서 아빠의 눈물을 단 한 번도 본 적이 없다. 그러나 최근 아빠의 눈물에 대해 전해들은 적이 있다.

아빠가 친구와 함께 집에서 술을 마시다가 어쩐 일인지 "엄마가 있었으면…" 하고 흐느껴 울었다는 거다. 친구분이 깜짝 놀라 "어머니가 멀쩡히 살아 계신데 무슨 엄마 타령이야?" 하고 물었다고 한다. 아빠는 눈물을 훔치며 대답했다고 한다.

"우리 엄마 말고 최정숙…."

그러고선 민망했는지 당신은 자야겠다며 친구에게 집에 가라고 했단다.

이런 아빠의 모습을 내가 안다는 걸 알면 가까스로 버텨 왔던 아빠의 삶이 무너질까 봐 나는 아무 말도 하지 않았다. 이 이야기를 전해준 동생도 나와 같은 마음인지 웃음 뒤에 물기가 어린 목소리였다.

어느 날 동생이 퇴근해 돌아오니 아빠가 아쉬워하며 동생을 맞았다고 한다.

"한참 최 여사가 꿈에 나오던 참인데…, 꿈 다 깼다."

무슨 꿈을 꿨냐고 물으니 엄마가 금빛 옷을 입고 금빛 관을 쓰고 하늘로 오르는 광경을 보았다고 한다. 아무래도 천국에 간 모양이라고, 하늘나라에서 잘 지내는 모양이라고 아빠는 말했단다.

아빠는 매일 엄마 생각을 한다. 어떤 이는 생각하면 가슴 아프니 이제 그만 생각하라 한다. 엄마의 사진도 더 이상 보지 말라 한다.

그러나 우리는 엄마를 기억하고 싶다. 우리가 아플 걸 생각해 엄마를 기억하는 걸 그만두고 싶지는 않다.

아빠도 그런 걸까? 아빠는 통화를 할 때면 늘 엄마 얘기를 하곤 한다. 최 여사는 청소를 이렇게 했고, 최 여사는 밥을 저렇게 지었고, 최 여사가 미역을 베란다 어디에 뒀다고 한다. 32년간 엄마가 차린 밥을 먹어서 이제는 친할머니가 한 요리는 잘 먹지 못한다는 사람이 우리 아빠였다. 밖에서 먹을 수 있는 산해진미도 마다하고 아빠는 꼭 집에 돌아와 최 여사표 밥을 찾으며 엄마를 고생시켰다.

이제 아빠는 스스로 밥을 짓는다. 빨래를 하고 청소를 하면서 어쩌면 매일매일 아빠는 엄마를 추억하는지도 모르겠다. 우리 집 거실 벽에는 여전히 엄마의 영정사진이 걸려 있다.

최 여사는 우리를 굽어살피고 있다. 금빛 옷을 입은 천사는 우리 마음속에 살고 있다. 우리는 그 천사를 보내지 않을 테다.

18

방법이 아닌 방식으로서의 애도

설 연휴였다. 동해로 내려간 나는 가장 먼저 엄마의 납골당
에 갈 채비를 서두르고 있었다. 아침부터 모르는 번호로 전
화가 두 통이나 걸려왔다. 모르는 번호로 걸려오는 전화는
좀처럼 받지 않는 나였지만 그날 오후 세 번째 전화가 걸려
왔을 때는 이 번호의 주인은 나를 알 거라는 데에 생각이 미
쳤다.

　전화기 너머의 목소리는 "최미향 씨 전화 아닙니까?"라
고 했다. '번호를 착각했나 보구나'라고 생각하고 "아닙니
다." 하며 전화를 끊으려 했다.

　"잠깐만요. 김, 그래, 김미향 씨 전화 아닙니까?"

　"누구세요?"

나는 눈이 휘둥그레졌다. 전화기 저 편의 남자는 큰외삼촌이었다. 아주아주 어릴 때 큰외삼촌을 본 뒤로 외삼촌의 목소리를 들은 건 처음이었다. 20여 년도 전에 봤던 외삼촌의 서글서글한 인상이 떠올랐다. 외삼촌에게도 20여 년 전의 내 모습만 기억에 남아 있을 것이다.

외삼촌은 집안의 귀염둥이 1호였던, 나는 미처 기억나지 않는 나의 유년 시절을 이야기해주었다. 또 외할머니와 엄마와 외삼촌이 나를 얼마나 귀애했는지, 그 시절이 우리에게 얼마나 좋은 시절이었는지 말해주었다. 나는 삼촌이 여자친구와 함께 둘째 이모 댁에 머물던 시절을 기억한다고 했다. 노랗게 머리칼을 염색한 풍만한 체형의 언니였다. 삼촌은 어떻게 그런 것까지 기억하냐며 부끄러운 듯 웃었다.

지금, 삼촌은 혼자다. 삼촌은 잠을 잘 이루질 못한다고 했다. 자려고 눈을 감으면 환영이 보이고 환청이 들린다고 했다. 싸우는 꿈을 꾸다 실제로 유리창을 깼는데 돈이 없어 유리창을 수리하지 못했다고 했다. 병원에서 처방받은 수면제로 하루하루를 버티는데 그마저도 힘들다고 했다. 악랄한 꿈들이 삼촌의 잠을 가득 채우기 때문이다.

교회 목사님께 이런 얘길 하고 상담을 요청했지만 그 목사님도 이제 삼촌에겐 두 손, 두 발 다 든 것 같았다. 삼촌은 뾰족한 수가 없는 것 같다고 했다. 나는 잠시 말문이 막혔다. 엄마의 집안에 뿌리를 깊게 내린 우울의 근원이 무엇일지, 나는 짐작도 할 수 없었다. 다들 마음속에 아무도 들여다볼 수 없는 우물을 가지고 있는 듯 보이지만 나는 쉽사리 그들에게 말을 건넬 수 없다. 큰외삼촌 역시 치료가 절실해 보였지만 차마 말을 하진 못했다.

전화기 너머의 삼촌은 엄마가 돌아가신 걸 얼마 전에야 알게 됐다고 했다. 엄마가 돌아가신 걸 알고 삶이 너무 무거워져서 그래서 더 힘들다고 했다. 엄마의 이야기를 하며 "유일하게 나를 사람대접 해준 착한 우리 누나를 하나님이 왜 데려가신 거냐"고 목사님께 울며 매달렸다고 했다. 그러면서 외삼촌은 45분 동안 전화기 저편에서 오열했다. 듣는 나도 눈시울이 붉어졌지만 애써 울음을 참았다.

'어쩌면 삼촌은 나를 통해 엄마의 용서를 바란 걸까?'

나는 큰외삼촌과 엄마 사이에 정확히 무슨 일이 있었는지 알지 못한다. 그 옛날 인물 훤하고 사람 좋아 보였던 삼촌이 언젠가부터 알코올 중독이라는 이야길 들었다. 제대로 일을 하지 못하는 삼촌은 이모들과 막내 외삼촌에게 차례차례 돈을 빌린 모양이다. 물론 우리 엄마도 삼촌에게 돈을 빌려주었다. 외할아버지가 돌아가시자 대부분의 유산은 모두 큰외삼촌 몫이 되었지만 딸들에게 돌아오는 유산은 없었다. '출가외인'이었기 때문이다. 아마 그 시절엔 내가 많이 아팠던 터라 집안 경제가 더욱 기울었을 거였다. 엄마는 큰외삼촌에게 빌려간 돈만 갚아달라고 했지만 삼촌은 그러질 않았다.

'삼촌과 엄마 사이에 어떤 대화가 오고 갔던 걸까?'
삼촌은 엄마가 가시기 전 마지막으로 나누었던 대화를 기억한다고 했다. 바보처럼 착하기만 했던 누나에게 모진 말로 상처를 주었다고 했다. 그게 왜 마지막 대화가 돼야 했던 건지, 모든 것은 삼촌의 탓이라고 했다. 그런 삼촌의 전화를 내가 따뜻하게 받아주는 게 참으로 고맙다고 했다.
삼촌과의 통화를 끝마치고 며칠이 지나서야 엄마가 전화벨만 울려도 큰외삼촌일까 벌벌 떨었다는 사실을 알게 됐다. 차라리 삼촌과의 연락이 끊겨서 잠을 제대로 이루는 날이 생겼다고도 했단다. 단순히 빌려준 돈을 떼여서는 아닐 것이다.

'엄마의 가슴엔 어떤 상처가 새겨졌던 걸까?'
나는 혼란스러웠다. 나는 엄마에 대해 얼마큼 알고 있었던 걸까? 내가 모르는 부분은 어디까지일까? 큰외삼촌에게선 계속 전화가 걸려왔지만, 나는 삼촌의 전화를 차마 받을 수가 없었다. 혹시 엄마가 삼촌의 잘못을 요목조목 짚는 나의 모습을 바랐던 건 아니었을지 두려웠다.

그 일주일 사이 나는 꿈을 꾸었다. 꿈속에서 엄마는 우리 곁에서 떨어져 살았다. 엄마에게서 전화가 걸려오자 나는 황급히 어디냐고 물었다. 어느 모텔에 있다는 엄마에게 그럼 내가 그 근처로 가겠다고 말했다. 엄마는 큰외삼촌을 데려오라고 했다. 우리는 장이 열리고 있는 시장 좌판에 모여 앉아 잔치국수 한 그릇을 훌훌 말아먹었다. 그리고 엄마는 머물던 모텔로 돌아갔다.

꿈을 꾸고 나서도 큰외삼촌에 대한 엄마의 진심이 무엇이었는지 알 수 없었다. 엄마처럼 품이 너르지 못한 나는 살아생전 엄마를 괴롭혔던 삼촌이 밉다. 애도의 방법은 각자 다양하겠지만, 애도는 삶의 한 방식으로서 드러난다.

◀

큰외삼촌은 오늘도 엄마를 떠올리며 긴긴 불면의 밤을 후회와 자책과 눈물로 지새울까? 나는 잘 모르겠다. 아직 마음의 키가 다 자라지 못한 내겐 그저 엄마가 필요할 뿐.

#19

그럼, 엄마께 가도 되나요?

에드워드 양 감독의 영화 〈하나 그리고 둘(A One And A
Two, 2000)〉을 좋아한다. 2000년에 제작된 이 영화를 지
난해에 처음으로 보게 됐다. 마침 엄마가 돌아가신 직후라
물기 어린 시선으로 영화를 감상했다. 할머니가 갑자기 쓰
러진 뒤, 평온하던 가족들의 삶은 각자의 이유로 요동친다.
에드워드 양은 어린아이인 양양의 말을 빌어 '우리가 보지
못하는 삶의 뒷면'을 보여주려 한다.

주인공 NJ의 처남 아제가 결혼하던 날, 장모는 쓰레기
를 버리러 나갔다 쓰러져 의식불명이 된다. NJ는 딸 팅팅에
게 쓰레기를 버리라고 했지만, 팅팅은 그날 쓰레기를 비우
지 않고 집을 비웠다. 팅팅은 가족들 모르게 죄책감에 괴로

워하고 가족들은 쓰러진 할머니를 간호하며 매일 할머니의 귓가에 각자의 이야기를 속삭인다. 유일하게 양양만이 할머니에게 아무런 이야기도 하지 않는다.

"말하면 뭐해요? 할머니는 볼 수도 없는데."

양양은 끝끝내 말하기를 거부한다. 그리고 계속되는 간병에 가족들은 지쳐만 간다. 할머니의 딸이자 NJ의 아내인 밍밍은 너무나도 지쳐버려 절로 가 버린다.

한편 팅팅은 이웃집 친구 리리의 전 남자친구 패티에게 사랑을 느낀다. 그러나 팅팅과 잠시 관계를 맺었던 패티는 다시 리리에게 돌아가고 팅팅은 첫사랑의 아픔에 괴로워한다. 그러던 어느 날, 패티가 리리 어머니의 남자친구였던 영어 선생을 살해해 경찰에 끌려간다. 참고인 조사를 받고 돌아온 팅팅은 꿈속에서 할머니를 만나 용서받는다.

"저를 용서하셨으니 편히 잠들 수 있겠어요."

팅팅은 그렇게 꿈을 통해 치유된다. 그리고 그 시각, 할머니는 옆방에서 이승을 떠난다.

할머니의 곁을 떠나 있던 NJ, 밍밍, 팅팅 등 가족들이 모두 할머니의 장례식에 모인다. 주변 사람의 뒷모습을 찍으며 자신만의 세계를 구축하던 어린 양양은 한 뼘 성장해 할머니의 영정사진 앞에서 추도사를 읊는다. 그 애는 늘 달라붙어 있지만 우리 눈에 보이지 않는 뒷면을 찍어 각자에게 보여주고 싶었다고 말한다.

틴틴이 꿈을 통해 할머니에게 용서받는 장면을 보며 나의 꿈에 등장하는 엄마를 떠올렸다. 하나(一, Yi)에 하나(一, Yi)가 더해져 둘(二)이 되기에 감독은 이 영화의 제목을 〈하나 그리고 둘〉이라 지었다. 하나의 개별적인 삶(一)은 또 다른 누군가의 개별적인 삶(一)에 흘러들어가 어우러지고, 그렇게 우리(二)의 삶이 된다. 영화 속 할머니가 그랬듯 우리 엄마도 섬 같던 우리 가족을 그러모은 중심축이었다.

분명한 것은 누구나 겪는 사건이더라도 우리 기억 속의 그 사건은 세상 그 누구와도 공유할 수 없는 온전한 자신만의 일로 새겨진다는 것이다.

누구나 언젠가 어머니의 죽음을 겪을 것이다. 그러나 그 죽음이라는 사건은 저마다의 기억 속에서 오롯이 자신만의 일로 새겨질 것이다.

엄마가 돌아가시는 순간, 나는 중환자실에 있었다. 애틋하고 뭉클하게 엄마의 귓가에 동생이 사랑을 속삭이던 순간, 아빠와 나는 저만치 떨어져 아무 말도 하지 못했다. 시어머니께서는 고인이 가시는 길에 이야길 많이 들려드려야 한다고, 사람이 죽는 순간까지 가장 생생하게 발달해 있는 감각이 귀라고 하셨다. 그 말을 듣고 나는 속울음을 울었다.

'엄마의 죽음이 처음이었기에'라는 말로는 끝내 이야기할 수 없는 당황과 혼란과 슬픔이 내 안에 뭉쳐 있었기에 나는 결국 우물우물 하고 싶은 말을 내뱉다 씹어 삼키고 말았다.

그래서일까? 모두를 울린 영화 속 양양의 추도사는 중환자실에 있던 엄마께 제대로 작별을 고하지 못한 나의 마음을 대변한 듯했다. 양양의 말을 빌려 2018년 5월 25일 이른 9시, 엄마에게 말하지 못한 내 마음을 이제야 전한다.

◀

"엄마, 전 모르는 게 많아요. 제가 커서 뭘 하고 싶은 줄 아세요? 남이 모르는 일을 알려주고 못 보는 걸 보여주고 싶어요. 그럼 날마다 재밌을 거예요. 엄마가 계신 곳도 알겠죠. 그럼 엄마께 가도 되나요?"

20

인생에서 한 번쯤 온 마음을 다해 원했던 것이 있나요?

B회사의 대표님이 기획하신 책의 본문을 보여 주셨다. 타
깃 독자가 20대~30대 중반 여성이라 젊은 층의 의견을 듣
고 싶다고 하셨다. 1/2 DIY 북 콘셉트로, 내가 어떤 사람인
지 알아보는 질문집이었는데, 1장의 세 번째 질문이 내 마
음을 쳤다. 온 마음을 다해 원한 일이 무엇이었는지 묻는 질
문이었다. 본문에는 이런 글귀가 적혀 있었다.

"가고 싶은 대학, 하고 싶은 일, 나를 봐주길 바랐던 짝사
랑. 눈 뜰 때마다 이루어지길 기도하는 마음으로 인생에서
한 번쯤 온 마음을 다해 원했던 것이 있나요?"

그동안 내가 원했던 것들이 머릿속에서 주마등처럼 스
쳐 지나갔다.

1년 동안 입원해 있으면서 일곱 번의 척추 수술을 했을 때, 나는 간절히 퇴원을 꿈꿨다. 더 이상의 수술은 없기를, 남들처럼 침대에 바로 누울 수 있기를, 내 힘으로 걸어 화장실에 가기를 소망했다. 열여덟 살의 나는 매일 밤, 그 생각으로 잠을 못 이뤘고 혼자서 입술을 깨물었다.

　그러나 그 시절을 제외하고 나면 나는 대개 간절히 원하면 오히려 원하는 것을 이루지 못한다는 쪽에 가까운 사람이라 크게 무언가를 원하지 않고 살아왔다. 그렇게 애쓰지 않는 태도 때문인지 오히려 바라는 것, 원하는 것은 모두 성취하고 가지며 살아왔다. 어쩌면 절실히 원했던 큰 꿈이 없었기에 다 이루며 살아온 건지도 모른다.

　그런 내가 샅샅이 나의 역사를 훑었을 때, 간절히 원했던 게 하나 있다. 돌아가시기 직전의 엄마가 일어나시길 간절히 빌었던 것. 돌아가시기 직전의 몸 곳곳에 보라색 울혈(鬱血)이 맺혔던 엄마의 몸을 잊지 못한다. 엄마가 돌아가시고 나선 꿈에서라도 제발 엄마를 만날 수 있길 역시 간절히 빌었다.

　우리 엄마는 살지 못했다. 오래 아팠고 고통받았던 엄마가 그곳에선 더 이상 아프지 않길, 우리와 떨어진 슬픔에 외롭지 않길 바랄 뿐이다. 다만 꿈에서는 난 늘 엄마와 함께

다. 엄마가 살아 계셨을 때보다 더 자주 꿈에서 뵙는 듯하다. 심지어는 엄마가 꿈에 등장하지 않아도 꿈을 꾸는 나의 가슴엔 엄마가 늘 함께하는 기분이다. 엄마와 내가 손을 붙잡고 서서 같이 내 꿈을 들여다보는 느낌이다.

내게 가장 소중한 엄마. 가슴속에 오랫동안 남은 '엄마'라는 기억과 추억….

지금껏 나는 다시 생이 주어지는 걸 거부하겠다고 입버릇처럼 말해오곤 했다. 그러나 다시 한 번 엄마의 딸로 태어나 엄마와 함께할 수 있다면, 나는 기꺼이 다시 태어나는 쪽을 택하고 싶다.

영원히 우리 엄마의 딸이고 싶다.

#21

니나 부슈만과 엄마

어느 누가 그렇지 않겠냐마는 '자살'이라는 단어는 내게 더
없이 아프게 다가온다. 엄마의 부고를 듣고 한달음에 온 넷
째 이모는 이제 더 이상 엄마가 아프지 않을 거라는 말로 우
리 가족을 위로해주셨다.

그러나 지금까지도 나는 엄마의 선택에 내가 끼친 영향
은 없을지 생각하고 또 생각한다. 그 지독하게 자라나는 생
각의 가시를 조금이나마 끊어낼 수 있었던 건 니나 부슈만
을 만나고부터였다. 소설가 루이제 린저의 《삶의 한가운
데》의 주인공 니나 부슈만말이다.

그녀의 자살 시도를 보면서 어쩌면 엄마가 진정한 자유
를 원한 건 아닐까 싶었다. 병으로부터, 가족으로부터, 세상

으로부터의 자유 말이다. '자살'이라는 선택은 삶의 한가운데서 삶의 주인이 되는 방법일 수 있으며 고통까지 기꺼이 사랑할 줄 아는 삶에 대한 완벽한 집중으로서의 방법일 수 있다는 걸, 린저의 소설을 통해 알게 됐다.

고통과 격정에 헌신하지 못하는 사람은 죽을 수도 없다. 죽는다는 것은 마지막 헌신이기 때문이다. 돌아가시기 직전 엄마는 안락사를 원한다고 수없이 말할 정도로 아픈 몸의 고통을 처절히 감내하고 계셨다. 엄마처럼 니나는 자살을 실험이라고 규정해 삶의 결정권을 온전히 자신에게만 귀속되게 만들었다.

그렇다면 한 번도 살아본 적 없는, 삶을 비켜간, 한 번도 모험을 하지 않은 그래서 아무것도 얻지도 못했고 잃지도 않은 내가 어떻게 엄마와 니나를 이해할 수 있을까?

《삶의 한가운데》의 니나는 자기희생을 바탕으로 남성을 구원하는, 지고지순한 여성 캐릭터가 아니다. 20대의 니나는 약혼한 상태에서 다른 남자의 아이를 갖게 된다. 약혼자는 짐짓 이해하는 척 결혼을 강행하지만 니나의 외도는 남자를 계속 짓누른다. 남자는 자기 자신과의 싸움을 이기지 못하고 첫 아이를 출산한 직후의 니나를 강제로 임신시킨다. 자궁으로 전락해버린 여자 니나는 둘째를 임신한 상태에서 자살을 시도한다.

어쩌면 스스로 죽음을 선택하기 직전의 엄마는 "나는 당신이 나의 인생을 당신 인생처럼 만들려고 하는 것을 참을 수 없어요. 당신의 인생은 마치 일요일을 망쳐버리는 재미없고 어려운 학교 숙제 같아요"라는 말로 나에게 경고를 보내고 싶었던 건지도 모른다.

니나가 간 것처럼 엄마는 갔다. 죽음이라는 광선이 엄마 곁에 가득했는데, 나는 미처 그걸 인지하지 못했다. 매달 엄마를 위해 대리로 처방받는 마약성 진통제를 어쩐 일인지 엄마는 다음에 가져다 달라고 했다.

"다음에 타면 안 될까?"

엄마는 조심스레 물었는데, 한 달에 한 번, 한 시간 거리의 병원을 가는 걸 그렇게도 귀찮아했던 나에게는 듣던 중 반가운 소리였을까? 그 부채의식 때문에, 매일이 엄마에겐 다만 손실로 느껴져 그런 선택을 했을까? 나는 떨며 두려워했다.

그러나 니나는 생을 너무나 사랑하고 꽉 껴안은 사람만이 스스로의 죽음을 선택한다고 말했다. 생을 사랑하지 않는 자는 노여워하지도 못한다. 가만히 있기보다는 차라리 모험을 택해 전부를 기꺼이 잃으려고 하는 자가 진정으로 생을 사랑하는 사람이라고 말한다.

어쩌면 우리 엄마는 너무 최선을 다했기에 쓰러진 건지도 모른다.

그리고 나는 엄마가 죽은 도시에서, 끊임없이 뭇 생명들이 꺼지고 켜지는 이 세계에서 이런 글을 쓰지 않고서는 배겨내지 못하는 것이다.

◀

다른 사람이 보기에는 전혀 이해되지 않는 일이겠지만 사랑하고 고통받으며 살아갔던 엄마의 삶을 뒤늦게라도 조금이나마 이해해보려는 나의 시도들….

어쩌면 삶이란 이런 것인가.

3부

정숙 씨가 웃는다

1

모든 순간들의 순간

여자는 발가벗겨져 있었다. 그런데도 여자는 무심했다. 그저 태연하게 손님들을 맞이하고 심심한 조의를 표하는 이들에게 목례로 답할 뿐이었다. 그러나 여자를 보는 친척들의 눈길은 예사롭지 않았다.

"조 년이 제일로 무서운 년이랑께."

펌이 거의 풀려가는 짧은 머리칼이 사자갈기처럼 곤두선 여자의 육촌 언니가 수육을 집어먹으며 말했다. 테이블엔 이미 소주 세 병, 막걸리 네 병이 질서정연하게 늘어서 있었다. 그녀와 동기간인 눈이 크고 쌍꺼풀이 짙은 남자는 회색빛의 머리칼을 뒤로 한 번 넘기더니 불쾌해진 얼굴을 손바닥으로 쓸어내렸다.

"불쌍한 애잖아. 그냥 놔둬. 하여튼 여자들이 더 무섭다 니까. 이건 뭐, 친척이고 뭐고 없네."

남자의 말에 그의 누나가 눈을 부라렸다.

"그럼 지 애비가 죽었는데 눈물 한 방울 안 내비치는 조 년이 사람새끼당가?"

그 소리가 좀 컸던지 좌중의 이목이 넙치의 눈처럼 왼쪽 으로 쏠렸다. 발가벗겨진 여자도 육촌 언니쪽을 바라봤다. 얼핏 여자의 얼굴에 약간의 슬픔과 묘한 적의가 어리는 듯 했으나 여자는 이런 것쯤 익숙하다는 듯 다시 손님들을 향 해 고개를 돌렸다. 어차피 실오라기 하나 걸치지 못한 벌거 벗은 채로 살아온 삶, 한 번 더 발가벗겨진다고 해서 큰일이 생기는 건 아니라는 듯이….

◀

손님들을 마주한 여자의 뒷모습이 납작했다.

2

곧을 정, 맑을 숙

여자의 이름은 정숙이다. 곧을 정(貞)에 맑을 숙(淑)자를 써 '정숙(貞淑)'. 여자가 처음으로 정을 나눈 남자는 큰 손바닥으로 그녀의 뺨을 어루만지며 말했다.

"정숙, 세상의 온갖 곧고 맑은 것들이 다 네 안에 있다."

그때까지 여자는 한 번도 자신의 이름을 좋아해본 적이 없었는데, 남자가 그리 말해준 뒤로는 자신의 이름을 좋아하게 됐다.

한글도 한자도, 정숙의 이름은 모두 아름답다고 남자는 말했다. 그녀 앞에 펼쳐진 먹구름을 다 가려줄 만큼 큰 그의 손바닥보다도 '세상의 온갖 곧고 맑은 것들'이라는 그 문장의 어감이 그녀의 마음 깊숙한 곳을 보드랍게 간질였다.

그는 여자의 조그만 머리통을 끌어안았다.

'곧고, 맑다….'

남자가 여자의 머리칼을 쓰다듬을 때 여자는 속으로 그런 단어들을 되뇌고 있었다.

그와 계속 만났다면 지금 여자의 삶은 달라졌을까? 여자는 가끔씩 지난 기억을 되짚어보고는 한다. 나이가 들어갈수록 기억의 뚜껑을 열어보는 일이 잦다. 철지난 기억 속에서 여자는 행복했던가? 잘 모르겠다.

살아가며 알게 된 '정숙'이라는 이름에는 '곧고 맑다'는 뜻 외에 다른 의미가 있었다. '정(貞)'이라는 한자에는 '곧다'는 뜻 외에도 비슷하게 '충실하고 올바르다, 정절'이라는 뜻이 있었다. '숙(淑)'이라는 한자에는 '맑다'는 뜻 외에도 '어질다, 얌전하다'는 뜻이 있었다.

고운 이름이었지만, 거기에는 정조 있고 얌전해야 한다는, 사회가 여성에게 강요하는 덕목이 있었다. 그래서 나는 그녀를 '정숙 씨'라고 부르는 대신 늘 '최 여사'라고 불렀다.

최 여사, 그리고 정숙 씨. 그녀는 나의 엄마였다.

3

딸 부잣집의 또 딸

사랑을 하기에 엄마의 삶엔 구멍이 너무나도 많았다. 여기저기 해진 삶을 기우느라 엄마는 누군가의 입김만 닿아도 아팠고 두려웠다. 엄마가 생활에 익숙해져갈수록 엄마의 욕망은 시들었고, 종당에는 바짝 말라 "파락" 하고 잎이 떨어졌다.

무언가를 뜨겁게 원하기엔 엄마 앞에 놓인 굴곡이 너무 깊었다. 그리고 엄마는 절망을 우아하게 다루는 방법을 몰랐다. 절망은 절망 그 자체로 엄마에게 절망적이었기에….

대신 엄마는 무서움을 알았다. 엄마는 무서움 속에서 태어났다. 다섯 자매 중 막내딸이었다. 아들을 낳으려는 외할아버지의 노력은 수포로 돌아갔다. 시골 마을의 유지로서 아들이 없는 것이 유일한 흠이었던 외할아버지는 딸, 딸, 딸, 딸에 이어 또 딸을 낳자 늘 화가 나 있었다. 엄마는 환영받지 못하는 존재였고, 외할아버지는 엄마와 외할머니를 볼 때마다 "끙" 하고 앓는 소리를 냈다고 한다. 그때마다 엄마는 아비와 어미, 둘 모두에게 죄스러움을 느껴야 했다.

설상가상으로 엄마는 한쪽 귀가 들리지 않았다. 이모들 말로는 엄마가 어릴 때 심한 열병을 앓았기 때문이라고 했다. 시골 마을이라 의사가 귀했고 그나마 하나 있던 의사는 단순 감기로 보고 약을 잘못 처방했다. 그 약을 먹은 세 살 때부터 엄마는 반쯤 고요한 세계 속에 뿌리를 내렸다. 한쪽이 들리지 않는 세계는 한쪽만 물에 잠긴 식물처럼 부어올랐다. 그 세계는 고요해서 안온하지도, 소음이 사라져 평화롭지도 않았다.

◀

웅웅거리는 낯선 소리들 사이에서 엄마는 홀로 무서움에 떨었다. 세계는 오직, 무서움뿐이었다.

4

못난이 정숙이

"···정숙아! 정숙···아, 못난아!"

엄마에게는 자신의 이름이 늘 저 멀리에서 들려왔다. 한 번에 알아듣는 경우가 드물어서 소리가 들리는 쪽으로 고개를 돌리고 누군가가 자신을 부르고 있는 게 맞는지를 확인해야 했다. 그렇게 엄마가 말귀를 못 알아들으면 이내 '못난이'라는 별명이 따라붙었다.

이후 엄마는 돌아가실 때까지 단 한 번도 스스로를 예쁘다고 생각해본 적이 없었다. 어릴 때부터 잘 듣지 못해 사람들과 섞이기 어려웠고, 늘 '못난이'라는 소리를 들어야 했던 엄마는 스스로를 못났다 여기며 50여 년을 살아갈 수밖에 없었다. 게다가 외할아버지는 엄마가 한 번에 알아듣지 못하면 불같이 화를 냈다.

"어디서 저런 게 태어났단 말이야. 웅? 감히 어디서!"

그러면서 외할아버지는 방바닥을 쓸고 있던 엄마의 등을 후려치거나 가마솥에 밥을 짓고 있던 엄마의 머리채를 잡아끌었다. 엄마는 아비가 부를 때 지체 없이 고개를 돌릴 수 있도록 늘 긴장하고 있어야 했다. 깊은 밤이 내려앉고 잠자리에 들 때쯤 되어서야 엄마는 지친 몸을 잠시 쉴 수 있었다. 그마저도 어떤 날은 외할아버지가 외할머니에게 손찌검을 하는 걸 어둠 한구석에서 벌벌 떨며 지켜봐야 했다.

외할머니는 동네 사람들이 알게 될까봐 소리 없이 온몸으로 매를 맞아냈다고 한다.

엄마는 그런 어미를 이해할 수 없었고, 아비는 더더욱 이해할 수 없었다.

5

운명 공동체, 막내

엄마가 태어나고 1년 뒤에 동생이 태어났다. 부모가 그토록 기다렸던 사내아이였다. 그러나 남동생은 태어난 지 얼마 못 가 열꽃에 시달리다 죽었다.

부모는 2년 뒤에 다시 남동생을 낳았다. 이번에는 열병에 시달리지도 않았고, 약을 잘못 쓰지도 않았으며 귀도 멀쩡했고 아주 건강했다. 부모는 이 남동생이라면 자다가도 일어나서 머리를 쓰다듬을 만큼 귀애했다. 엄마가 보기에도 남동생은 아주 사랑스러웠다. 자라면서 남동생은 키도 쑥쑥 크고 아비를 닮아 눈도 부리부리해져 동네 사람들이 "텔레비전에 나와도 되겠다"고 농을 건넬 정도가 됐다.

이 남동생이 태어나고 3년 후에 막내가 태어났다. 이번에도 사내아이였다. 눈이 컸고 피부가 뽀앴다.

엄마의 큰언니와 막내는 스무 살 차이가 났다. 농사일로
바쁜 부모를 대신해 큰언니가 막내를 키우다시피 하다 시
집을 갔다. 그 뒤 막내는 시름시름 앓기 시작했다. 순하기
그지없던 아이였는데 어느 날부터 얼굴이 터질 것처럼 빽
빽 울어대기 시작했다. 의원을 불러도 차도가 없었고 귀하
다는 약재를 달여 먹여도 소용이 없었다. 결국 외할아버지
는 막내를 포기했다. 오직 외할머니와 엄마만이 막내를 어
르고 달래며 이유식을 먹이고 애면글면 정성을 쏟았다.

그러기를 수개월, 막내의 몸이 차차 좋아지기 시작했다.
울음을 그쳤고, 밥도 잘 먹었다. 그런데 어딘가 이상했다.
아무리 불러도 소리가 나는 쪽을 쳐다보지 않았다. 앞에서
큰소리로 말을 하면 눈을 동그랗게 뜨고 쳐다봤지만 이내
미간을 찌푸렸다. 고 작은 이마에 쪼글쪼글한 주름이 잡힐
때, 엄마는 마룻바닥을 치며 울었다.

막내는 엄마가 처음으로 온 애정을 쏟은 대상이었다. 그
런 막내가 오랜 열병의 후유증으로 두 귀의 청력을 상실한
것이다.

엄마는 가시밭길일 막내의 앞날이 무섭고 두려워 그저 넋 놓
고 우는 것밖엔 해줄 게 없었다.

6

미운 오리 새끼

엄마와 막내 외삼촌은 집안의 온갖 미움을 독차지하며 자
랐다. 하나는 들을 수는 있으나 늘 어설퍼 외할아버지의 호
통과 마주서야 했다. 또 하나는 두 귀 모두 들리지 않으니
하릴없이 고스란히 바보 취급을 당하며 클 수밖에 없었다.
외할머니는 본인 배 속에서 낳은 두 남매가 가엾고 또 가여
워 매일 밤 그들을 품은 채 옷고름으로 눈물을 찍어냈다.

엄마와 막내 외삼촌은 얼마 되지 않은 시린 삶의 무게가
버거워 흙냄새가 나는 따스한 그 품에서 오래도록 머물 수
있기를 바랐다.

엄마와 막내 외삼촌이 학교에 입학했을 때의 상황은 더
욱 심각해졌다. 엄마와 막내 외삼촌은 여섯 살 터울이었으

므로 함께 학교에 다니지는 못했다. 그러나 그들은 그들 나름대로 내심 서로의 학교생활을 이해하고 있었다.

학교에 입학한 순간, 엄마는 자신에게 언니들의 그림자가 드리워져 있음을 직감했다. 엄마에게는 위로 다섯 명의 언니들이 있었는데, 그중 큰언니와 둘째 언니는 시대가 시대였던만큼 학교에 다니지 못했다. 엄마와 각각 세 살, 두 살 터울이 나는 셋째 언니와 넷째 언니는 모두 우수한 성적으로 학교를 졸업했다.

엄마의 집에서 3분 정도 내리막길을 내려가면 파란색 지붕과 하얀 벽의 학교가 보였다. 선생님들은 저마다 엄마를 '성녀 동생, 귀자 동생'으로만 불렀다.

엄마는 학교를 다니는 6년 동안 책상에 앉아 제대로 공부를 해본 기억이 없었다. 선생님들은 엄마가 언니들처럼 똑똑하고 꼼꼼할 거라 지레짐작해 엄마에게 온갖 심부름을 시켰기 때문이다. 이 선생님, 저 선생님의 심부름을 하고 돌아와 자리에 앉으면 어느새 학교가 파하는 시간이 되어 있었다.

엄마는 공부를 잘하고 싶었지만 듣지 못하다 보니 수업을 따라잡기가 힘들었고 여기저기 심부름을 다니느라 본수업을 거의 받지 못해 공부에 대한 욕심을 낼 수가 없었다.

때때로 엄마의 귀에서 고름이 흘러나오면, 같은 반의 까

164

까머리 남자아이들이 더럽다며 그악스럽게 엄마를 놀려댔다. 그럴 때 엄마는 눈물을 흩뿌리며 언덕 위의 빨간 지붕집으로 돌아왔다. 지게를 지고 밭으로 나가던 아비가 그 모습을 보고 지게막대를 들고 달려와 여자를 학교로 쫓아 보낼 때도 있었다. 그러면 엄마는 두 손에 슬픔을 묻고 다시 내리막길을 달려야 했다.

아니, 어쩌면 엄마의 착각이었을지도 모른다. 엄마는 늘 당신 귀에서 냄새가 난다고 느꼈고 그래서 사람들 앞에 당당히 나설 수가 없었다. 엄마는 자신감이 없고 수줍었다. 놀림을 받을까 겁이 났다.

그러나 귀가 아파서 고통받는 건 엄마였고, 엄마의 귀가 그렇게 된 건 엄마 탓이 아니었다. 하지만 엄마는 모두가 스스로의 탓이라 생각했다. 남의 탓을 하기에 엄마는 너무 착했고 사회는 여성의 장애에 관심이 없었다.

그렇게 엄마는 졸업을 하고 말았다. 애초에 중학교 진학이 가능하리라고 생각해본 적도 없었다. 외할아버지는 듣지 못하는 막내딸을 중학교에 진학시킬 생각이 전혀 없었기 때문이다. 외갓집에서 엄마의 역할은 딸이 아니라 '일꾼'이었다.

그래서였을까? 초등학교 졸업 후 매일같이 집에서 일을

하며 단 한 번 제대로 허리를 펴보지조차 못했던 엄마는 상
급학교에 진학한 언니들이 부러웠던 적이 있다고 한다.

이모들은 대부분의 시간을 집 밖에서 보낼 수 있었기 때문이다.

7

막냇동생의 탈출

엄마가 경험해본 집 밖의 세계는 학교가 유일했지만 그마저도 집과 얼마 떨어지지 않은, 그야말로 엎어지면 코 닿을데 있는 거리였다.

중학교 진학을 포기한 그 순간부터 엄마는 늘 집 밖의 세계를 동경하기 시작했다. 집 안에서 엄마는 외할머니를 도와 쌀을 씻고 가마솥에 밥을 안치고 외할아버지를 도와 모를 심고 소에 여물을 줘야 했다. 농사일은 너무 힘들어서 쉴틈도 없이 하루가 지나갔고, 하루가 끝나면 또 하루가 몰려왔다.

외할아버지의 고함은 그칠 날이 없었고, 엄마의 가슴속엔 매일 시퍼런 멍이 들었다. 그러나 몰려오는 하루를 내칠 방법이, 엄마에겐 없었다.

　엄마가 열다섯이 되던 해, 막내 외삼촌이 학교에 입학했
다. 그리고 얼마 지나지 않아 엄마는 충격적인 장면을 목도
했다. 막내 외삼촌이 아이들이 던진 돌에 맞아 피투성이가
되어 있었던 것이다. 엄마는 "야, 이 녀석들아! 어른들 불러
올 거야!"라고 소리치며 지게막대를 휘두르자 돌을 던지던
아이들은 흩어졌다. 그러나 엄마는 그 아이들 중에 자신의
첫째 남동생이 있는 걸 똑똑히 보았다.

　"은철아."

　엄마가 그의 이름을 불렀을 때 그 애는 한 번 뒤를 돌아
보는가 싶더니 이내 아이들의 무리에 섞여 사라졌다.

　"은철아!"

　엄마가 악을 쓰며 첫째 남동생의 이름을 불렀지만 그는
그 뒤로 다시는 뒤를 돌아보지 않았다.

　아이들은 잔혹했다. 어른들의 잔혹함이야 익히 알고 있
었지만 아이라고 예외가 없다는 것에 엄마는 충격을 받았
다. 아니, 실은 그 옛날 자신을 놀려대던 아이들에게서 이미
감지했을지도 모른다.

　하지만 그 잔혹한 아이들 중에 큰외삼촌이 있으리라곤
미처 생각 못했을 테다. 그날 막내 외삼촌을 부둥켜안은 채

엄마는 한참을 울었다고 한다.

"정철아. 너는 이 집에 남지 말고 떠나. 가능하다면 그러는 게 좋겠어."

엄마는 자신도 모르게 막내 외삼촌에게 그런 말을 쏟아내고 있었다.

막내 외삼촌은 초등학교를 졸업하자마자 떠났다. 듣지 못하면서 중학교는 무슨 중학교냐며 같이 농사나 짓자는 아비를 졸라 농아인들을 대상으로 한 중학교를 수소문한 끝에 그곳에 진학하기로 결정한 것이다.

막내 외삼촌이 떠나던 날 짐가방을 챙기면서 엄마는 참 많이 울었다. 엄마에게 막내 외삼촌은 늘 걱정되는 애틋한 존재였다. 그런 존재를 연고도 없는 타지에 보내야 한다니…. 이제 무슨 일이 있어도 막내를 지켜주기는 힘들 거란 생각에 엄마는 가슴을 쳤다.

만일 막내 외삼촌이 그곳에서 제대로 적응하지 못한다면, 엄마는 집을 떠나라고 소리치던 과거를 발기발기 찢어버리고 싶을 터였다.

8

찢겨진 원피스, 찢겨진 사랑

막내 외삼촌이 떠나자 엄마는 마음 둘 곳이 없었다. 몸 한가운데 구멍이 뚫린 것 같았다. 그 숭숭한 구멍 사이로 시종 바람이 불어 잠자리에 들 때마다 가슴이 쓰렸다.

'빨리 이 집을 떠나야 해. 그런데 어떻게 하면 이 집을 떠날 수 있을까?'

엄마는 매일 밤 발로 이불 끝을 비비적거리며 골똘하게 생각에 잠겼다.

숱한 불면의 밤 이후 엄마는 연애를 시작했다. 엄마가 첫 정을 준 상대는 펜팔로 만난 남자였다고 한다. 잡지를 보고 편지 왕래를 시작한 남자는 울산에 살았다. 무엇보다 엄마의 집과 멀리 떨어진 곳에 산다는 게 마음에 들었다.

'이 남자와 결혼한다면 이 집에서 멀리 도망칠 수 있을 거야.'

편지를 주고받다 보니 아주 따뜻하고 다정한 사람이라는 걸 알 수 있었다. 편지가 오가는 횟수가 잦아지자 남자는 엄마를 찾아오기 시작했다. 그가 오는 일요일마다 엄마는 핑계를 대고 집을 빠져나와 잠깐이지만 행복한 시간을 보냈다. 그러나 연인들에게 일요일 하루는 너무 짧았고, 엄마는 점점 부모에게 댈 핑계가 줄어들었다.

이제 부모에게 댈 핑계가 없으니 당분간 시일을 두고 만나자는 엄마의 편지를 받자 남자는 결심을 굳혔다. 엄마에게 청혼하기로 한 것이다.

처음으로 주어진 집을 탈출할 수 있는 기회. 그러나 막상 그 기회가 목전에 다다르자 엄마는 망설여졌다. 엄마는 부모도 싫었지만 일하는 것도 지긋지긋했다. 부모도 일도 없는 새로운 세계로 가는 열차에 몸을 싣고 싶었다. 남자만 생각하면 결혼하기에 더할 나위 없이 좋지만 그가 데리고 있는 식솔들이 마음에 걸렸다.

남자는 엄마네보다 형제가 더 많았다. 무려 10남매의 장남이었다. 시부모님을 모시고 사는 것도 모자라 밑으로 줄줄이 늘어선 아홉 동생들을 먹이고 입히고 재울 생각을 하면, 엄마는 돌연 앞이 캄캄해졌다. 남자를 만날 땐 희망의 빛이 어둠 속에서 일렁였으나 남자를 만나고 집으로 돌아가는 길엔 잠시 보였던 그 빛이 금세 천변 저쪽으로 자리를 옮겼고, 순식간에 사라져 갔다.

그리고 그날, 핑계조차 사라져 몰래 집을 빠져나와 남자를 만나 청혼을 받았던 그날. 엄마는 집안 분위기가 심상치 않다는 걸 감지했다. 뒷간에 다녀오던 넷째 이모가 마당 안에 들어선 엄마를 보더니 놀라서 엄마를 잡아끌었다.

"왜 이래. 무슨 일이야?"

"쉿!"

넷째 이모는 입을 모으고 입술에 검지를 댄 채 엄마의 등을 막무가내로 떠밀며 집 앞 내리막길을 내려갔다.

"잔말 말고 정자네 가 있어라."

학교 운동장에 도착해서야 넷째 이모는 엄마의 팔을 잡았던 손을 놓았다.

"왜?"

"아버지 또 화났어. 일하다 말고 어딜 갔냐고 아주 노발대발이야. 너 지금 아버지 눈에 띄면 그날로 엄마도 죽고 너도 죽는 거야."

그때 엄마의 눈에 지게막대를 휘두르며 쫓아오는 아비의 모습이 보였다.

"이 년이 일하다 말고 어딜 갔다 오는 겨? 거 있으면 내가 모를 줄 알았더냐. 냉큼 이리 오지 못할까! 죽어도 일하다 죽으라고 이 아비가 말했냐, 안 했냐 응? 하늘 같은 아비 말을 느가 귓등으로 듣는다 이거제. 아무 짝에도 쓸모 없는 것 같으니라구. 느 멕이고 재우는 값은 하늘에서 떨어지냐? 땅에서 솟냐? 느 밥값은 느가 해야 되는 거 아녀. 언능 이리 못 와!"

아비는 노기를 띤 채 고래고래 소리를 지르며 도망치는 엄마를 쫓아왔다. 도중에 구두가 벗겨져 맨발로 달렸고, 발바닥에 가시가 박혔는지 따가워서 눈물이 날 것 같았지만 잡히면 으레 따라올 아비의 매질이 더 무서워 엄마는 달리는 걸 멈추지 않았다.

그러나 맨발의 엄마는 결국 외할아버지에게 잡혀 언덕 위 빨간 지붕 집까지 끌려갔다. 외할아버지는 엄마의 원피스를 사정없이 찢고 소리를 질렀다.

"어디 간나가 겁도 없이 남자를 만나고 돌아댕겨. 어어? 내가 느를 그리 가르쳤냐? 듣지도 못하는 가시나가 그쪽으로만 발달한 겨? 잉?"

엄마는 멍이 든 얼굴을 챙이 넓은 모자로 가린 채 밭을 매면서 아비 몰래 울었다.

그 집에서 엄마는 사람이 아니었다. 소였다. 아니, 어쩌

면 소보다 못한 존재였다. 소야 나중에 팔면 한 밑천이지만,
엄마는 결혼해서 이 집을 나가면 출가외인으로 취급받을
거였다. 그걸 아는 외할머니도 한쪽에서 소리 없는 울음을
울었다. 엄마는 첫 번째 남자친구를 그 이후로 다신 만날 수
가 없었다. 멍이 빠지려면 시간이 필요했다. 엄마가 남자에
게 마지막 편지를 보냈다.

당신이 날 만나러 오면 나는 그날로 죽게 되니 다신 찾아오지
마세요. 나는 참 바보 같지만 앞으로도 지금처럼 바보같이 살
수밖에 없을 것 같아요. 정말 고마웠고 다만 미안해요.

9

하늘빛 기회?

외할머니는 매일 밤 구석에서 숨죽여 흐느끼는 엄마가 가여워 어찌할 바를 몰랐다. 외할아버지가 외출하고 없을 때에 외할머니는 엄마가 좋아하는 반찬을 잔뜩 차려놓고 엄마에게 밥을 먹였다.

그러던 어느 날 외할아버지가 며칠 친척집에 머물다 돌아오겠다고 했을 때 외할머니는 옳다구나 싶었다.

"야야. 기분전환도 할 겸 시내에 갔다 오자. 예쁜 옷도 사고 맛난 밥도 사주꾸마."

외할머니의 말에 엄마는 부스스 일어났다. 엄마는 외할머니가 유일하게 직접 옷을 사 주는 딸이었다.

외할머니와 엄마는 시내에서 잔치국수를 훌훌 말아먹고

시장 구경을 했다. 날이 좋아 햇볕 받은 이불이 보송해보였다. 상인들은 활기가 넘쳤고 엄마는 그런 사람들을 구경하는 게 재미있었다. 집으로 가기 전 외할머니가 의상실에 들르자고 했다.

"느 예쁜 원피스 아부지가 다 찢어먹었잖냐. 새로 하나 사주꾸마. 예쁜 놈으로 골라보랑."

엄마는 하늘빛 퍼프 소매 원피스를 골랐다. 목에는 하얀 칼라가 달려 있고 치맛자락은 쉬폰이라 청량감이 느껴졌다.

"이번 원피스는 아부지한테 찢기지 말았음 좋겠어."

엄마는 외할머니의 사슴 같은 눈동자를 보며 고개를 숙였다.

"어미가 지켜주꾸마. 걱정 말랑."

계산을 할 때 카운터를 보고 있던 여사장이 엄마에게 느닷없이 남자를 소개해주겠다고 했다.

"내가 요서 이렇게 가게를 보니까 사람 얼굴만 봐도 느낌 알잖아. 언니 만한 규수가 없다니까. 괜찮은 사람 있으니 한 번 만나봐. 참 착한 사람이야."

어둠 속으로 사라졌던 빛이 다시 빼꼼히 고개를 내밀었다.

10

긴 속눈썹의 사내

엄마는 형제도 많지 않고 장남도 아닌 남자에게 시집가고
싶었다. 외동도 싫었다. 외동은 버릇없고 자기밖에 모른다,
는 어른들의 말보다 집안의 단 한 명뿐인 아들에게 쏟아질
기대가 엄마에게 전이될 게 부담스러웠기 때문이다. 이게
엄마의 결혼관이었다.

　그러나 엄마가 바라는 몇 안되는 이 조건을 충족시키는
남자들이 많지 않았다. 엄마는 여전히 땡볕에서 농사를 짓
고 소에 여물을 주고 부모를 위한 밥을 준비하고 때때로 외
할아버지의 호통과 마주하며 소일했을 뿐이다.

　그러던 중 의상실 여사장이 소개팅을 주선한 것이다. 남
자를 처음 만났을 땐, 대낮이었는데도 희미하게 술 냄새가

났다. 엄마는 자신도 모르게 눈살을 찌푸렸다.

"술 냄새가 나죠? 죄송합니다. 제가 하는 일이 워낙 험해서 술을 마시지 않고선 힘을 내기 어렵거든요. 회사에서 새참으로 술을 줍니다. 막걸리, 맥주, 소주. 양주 빼곤 다 있어요. 제가 제일 마시고 싶은 건 양주인데, 아 글쎄! 그것 빼곤 다 줍디다."

지금 이걸 유머라고 하고 있는 건가. 엄마는 남자의 눈을 지그시 바라보았다. 얼굴은 그다지 나쁘지 않았다. 성격도 호방해보였다.

'이 사람은 아비로부터 나를 데려갈 수 있을까?'

"형제 관계가 어떻게 되세요?"

엄마가 조심스럽게 물었다.

"아, 제 밑으로 동생놈이 둘 있습니다. 삼형제죠. 제가 장남입니다. 사실 여동생도 하나 있었는데요…."

거기까지 말하더니 그는 꿀꺽 침을 삼키고는 물컵에 있는 물로 입술을 축였다.

"죽었습니다. 불쌍한 아이지요."

그렇게 말하고 남자는 고개를 떨구었다. 아래로 처진 그의 속눈썹이 낙타의 그것처럼 길었다.

그 속눈썹이 여자의 마음에 조그마한 파문을 일으켰다. 죽은 동생에 대해 말하며 파르르 떨리는 그 속눈썹은 그의 말이 진심에서 나온 진실임을 말해주고 있었다. 그 남자의 어떤 결핍이 엄마의 마음에 와 박혔다.

"죄송해요. 제가 실례되는 질문을 한 것 같아요."

"아, 아닙니다. 여동생이 태어났을 때 온 집안이 정말 기뻐했죠. 물론 저도 기뻤고요. 시커먼 사내놈들밖에 없는 집안에 꽃 같은 여자애가 등장했으니, 그도 그럴 밖에요.

아버지가 정말 귀여워하셨죠. 먼 바다로 배를 타고 나가시기 전엔 꼭 그 애가 가장 가지고 싶어 하는 것을 안겨주셨죠. 아! 저희 아버지는 선장이셨답니다. 배가 한 세네 채 있었나? 그랬을 겁니다. 동네 사람들이 아버지 배 좀 타보려고 집에 많이 찾아왔었죠. 그때 아버지, 참 잘 나갔어요. 저도 그런 아버지의 아들로 자라는 게 그리 나쁘지 않았죠. 집안의 장남으로 태어나 저 역시 원하는 건 뭐든 가질 수 있었거든요.

그런데 아버지가 풍랑을 만나 그만 바다에서 돌아가신 겁니다. 산처럼 크고 바다보다 깊은 아버지라고 생각했는데 아니었어요. 풍랑 앞에선 그냥 휙 쓰러지는, 그럴 수밖에 없는 운명을 타고난, 보잘것없는 인간이었을 뿐이었죠. 배는 좌초됐고, 선원들 전부 죽었습니다. 집도 팔고 그렇게 전 재산을 유족들한테 줬어요. 어쨌든 선장이 모든 책임을 져야 하는 거니까. 그때가 제가 열여섯이 되던 해였죠.

고등학교에 가려면 열심히 공부해야 됐는데 다 망했죠. 뭐, 그때부터 여기저기 떠돌아다니며 일했습니다. 노가다에, 탄광에, 서울에 가서 통조림공장에서 일하기도 했지요. 지방에서 일하는 것보단 보수를 많이 줬거든요. 공장 기숙사에선 늘 배가 고팠어요. 배는 고픈데, 돈은 집에 보내야 하고, 많이 보내려면 밥을 굶는 편이 나으니까 땅콩을 한 봉지 사서 허기질 때마다 그걸 조금씩 조금씩 먹으며 배를 채웠어요.

고향 내려와서는 물일을 배웠습니다. 힘은 들지만 이것만큼 돈 되는 일이 없죠. 나름 재미도 있고요. 물속에선 자유로울 수 있거든요. 바다와 나, 우리 둘뿐이에요. 고요하죠. 처음 들어갈 땐 물이 차서 몸이 깜짝 놀라도 계속 있다 보면 따뜻해요. 그냥 물살이 저를 막 위로해주는 느낌이 들어요. '괜찮다, 괜찮다.' 너른 품으로 감싸 안아주는 기분이랄까요. 혹시 고리에 가보셨나요?"

엄마는 고개를 절레절레 흔들었다.

"고리에 가면요. 거기에 원자력발전소가 있지 않습니까. 거기 물이 특히 따뜻하죠. 좋은 느낌은 아니에요. 거긴 너무 신기하거든요. 열대에서나 볼 수 있을 만한 물고기들이 심해에서 헤엄을 치고 있으니 말입니다. 물속에서도 별의별 일이 다 일어나고 있는 건데, 제대로 돌아가고 있는 건지 모르겠습니다.

아, 사설이 너무 길었네요. 어쨌든 저는 지금 제 일에 만족합니다. 머구리로서의 자부심도 있고요. 잠수병이 걱정되긴 하지만, 그거야 뭐 나중 일이고. 사람으로 태어나서 자기 좋아하는 일 하면서 살아야죠. 특채로 공무원 시험 보라는 얘기도 몇 번 들었는데요. 제가 치우라고 했어요. 그렇게 꽉 짜인 생활은 저한테 맞지 않는 것 같아요. 생각만 해도 숨이 막히거든요.

저는 넥타이 매는 게 딱 질색인 사람이랍니다. 물속이 좋죠. 아무도 간섭하는 사람도 없고. 자유로워요, 거기선. 자유가 최고죠. 그렇게 자유롭게 일하면서도 이 일로 동생놈들 대학교도 보내고 먹여 살렸으니까 보람됩니다.

여동생도 조금 더 오래 살았으면 좋았을 텐데…, 마음이 여렸어요. 결혼하고 싶어 한 남자가 있었는데 어머니가 반대했죠. 아버지가 그렇게 귀애하며 키웠는데 별 볼 일 없는 놈한테 시집간다니, 어머니는 아버지한테 죄를 짓는 심정이었던 것 같아요.

어느 날은 아침밥을 먹으라고 방문을 노크하는데 아무리 문을 두드려도 애가 나오지를 않는 겁니다. 어디서 났는지 수면제를 많이도 먹었더라고요.”

엄마는 남자를 끌어안고 싶은 충동을 느꼈다. 아무런 일

을 아무렇지 않게 얘기하는 그의 말투가 엄마의 가슴을 콕
콕 찌르는 것 같았다.

비록 장남이었으나 남자는 엄마가 아는 남자들 중 가장 형제
가 적었다.

세 사람인 결혼사진

세 번째로 남자를 만났을 때 엄마는 또 다시 남자에게서 술의 흔적을 보았다. 그날은 남자가 일을 쉬는 날이라 만남을 가진 것인데도 그랬다. 엄마는 말했다.

"술 냄새가 나요."

남자는 얼굴을 붉히며 엄마를 만날 생각을 하니 너무 설레 잠이 안 와서 간밤에 술을 조금 마셨다고 했다.

"너무 긴장되더라고요. 정숙 씨는 안그랬어요?"

"저는 술을 못해서요."

엄마는 조심스레 말하며 남자의 눈을 바라보았다.

"주량이 어떻게 되는데요?"

남자는 엄마가 귀엽다는 듯 엄마의 얼굴을 쳐다보았다.

"글쎄요. 사실 마셔본 적이 없어요."

엄마는 목을 움츠리며 말했다.

술집에서 소주와 두부김치를 시켰고, 남자와 건배를 했고, 술잔을 입에 댄 것까지는 기억이 나는데, 엄마는 그 후의 일이 잘 기억나지 않았다. 남자가 잠깐 쉬었다 가자고 했던가.

다음 날, 머리가 깨질 듯 아파왔고 그로부터 얼마 뒤 엄마는 남자와 결혼했다. 이 남자가, 나의 아빠였다. 외할아버지는 아빠의 집이 가난하고 보잘것없다는 이유로 결혼을 반대했으나 엄마의 배를 보고는 하릴없이 결혼을 허락했다.

◀

엄마, 아빠의 결혼사진 속에는 술을 마시고 와서 얼굴이 붉은 아빠와 술 냄새가 싫어 이맛살을 찌푸린 엄마와 엄마의 배 속에 숨 쉬고 있던 아이, 이렇게 세 명이 함께 찍혀 있었다.

답이 없는 삶에서 잡은 손

결혼 후 엄마의 삶엔 많은 변화가 있었다. 농사일에서 해방된 엄마는 결혼식을 올리고 3개월 뒤에 출산을 하자마자 성게 까는 일을 시작했다. 아빠가 일을 하러 가지 않았기 때문이다.

아빠는 대부분의 시간을 친구들과 술을 마시거나 도박을 하는 데 썼다. 젊은 시절의 아빠는 전형적인 한량이었다. 집에 들어오는 날보다 들어오지 않는 날이 더 많아서 엄마는 아빠의 얼굴마저 잊을 정도였다. 아니, 사실 엄마는 아빠의 얼굴을 잊고 싶었을지도 모른다. 미치도록 잊고 싶은데도 아빠의 얼굴을 잊을 수가 없었던 건지도 모른다. 아니, 잊어서는 안 된다고 생각했을지도 모른다.

엄마는 아빠를 증오했을까? 어쩌면 엄마는 당신 스스로를 훨씬 증오했을지도 모른다. 안간힘을 써 외할아버지가 있는 집을 탈출했지만 아빠라는 남자가 있는 또 다른 감옥으로 들어온 것이다. 여자의 삶이란 이런 것일까? 안쓰러운 것은 이 감옥은 전보다 훨씬 더하면 더했지 절대 덜하지 않은 곳이라는 점 때문이었다.

엄마 말에 따르면, 때때로 집에 들어오는 날 아빠는 술에 취해 엄마를 욕보이기 일쑤였다고 한다. 엄마가 거부하면 그때부터 매질이 시작됐다. 그 시절의 바닷가마을 남자들은 다 그랬다고 아빠를 미화하고 싶은 생각은 눈곱만큼도 없다(아빠는 아마 본인을 변호하고 싶을 테지만, 첨예한 사안에선 늘 엄마, 아빠의 이야기가 달랐다).

아빠는 피임도 하지 않았다. 엄마는 아빠를 닮은 사내아이가 태어날까 두려워 관계를 가지는 쪽보다 맞는 쪽을 택했다. 아빠의 아이는 한 명으로 족했으니까.

하루는 아빠한테 맞아 코뼈가 부러져 피가 줄줄 흐르고 두통이 심해 누워 있는데 친할머니가 들이닥쳤다. 엄마의 몰골을 보고 혀를 쯧쯧 차며 친할머니는 밭에서 따온 채소들을 현관 앞에 부리고는 도망치듯 사라졌다.

그날 일하고 돌아온 아빠는 "집구석에서 팽팽 놀고 있으면서 어머니가 준 채소를 손질도 하지 않고 짐 부리듯 부려

놓냐!"며 엄마의 왼쪽 뺨과 오른쪽 뺨을 차례대로 때렸다고 한다. 참으로 지극한 효자였다, 우리 아빠는. 찰싹찰싹 소리에 머리가 돌아가면서 엄마는 자신의 팽팽 돌아가는 이 세상이 도무지 언제쯤 끝날 수 있는지 하늘에 물었을까?

그럼에도 엄마는 도망치지 못했다. 어쩌면 엄마는 자신도 모르는 새 아빠에게 지배당하고 휘둘리고 있었을 거다. 아빠의 폭력은 싫었지만 아빠의 경제력은 필요했으니까. 아빠가 하는 잠수부 일은 목숨을 담보한 험한 일이라 설사 일하는 날이 며칠 되지 않더라도 아빠가 엄마보다 훨씬 많은 돈을 집에 가져다줄 수 있었다.

수십 회, 수천 회 죽을 생각을 하지 않은 것은 아니나 그때의 엄마는 죽을 수가 없었다. 언감생심 아빠를 죽일 생각은 아예 하지조차 못했다. 그래도 엄마의 하나밖에 없는 아이, 그 아이의 아버지였다.

엄마는 아이를 두고 도망칠 수도, 죽을 수도, 남편을 죽일 수도 없었다. 경제력이 없었기에 혼자 아이와 함께 살아갈 자신도 없었다. 친정으로 돌아가 다시 농사일을 지으며 살아볼까도 생각했지만 손가락질할 아버지와 친척들, 동네 사람들이 무서웠다.

이미 엄마의 동네 친구들과 친척들 사이에는 엄마가 그토록 꿈꾸던 결혼을 했으나 이상한 남편 만나 눈물 없이는 못 봐주게 산다는 소문이 나 있던 터였다. 유일하게 엄마를 감싸주던 외할머니는 암으로 세상을 떠난 지 오래였다. 게다가 아빠는 애초에 이혼에 대해서는 생각조차 하지 않는 사람이었다.

엄마는 아빠의 결핍이 자신을 집어삼켜버렸다는 걸 깨달았지만, 이미 때는 늦어버린 뒤였다. 엄마는 온전히 뿌리 내리기를 원했지만, 아빠는 애당초 뿌리란 게 없는 사람이었다.

아빠는 뿌리 대신 두려움을 가지고 태어났다. 언제나 불안이 아빠를 잠식해 집안 분위기는 금이 간 휴대폰 액정처럼 위태로웠다. 숨만 쉰 채 두고 보더라도 언젠 액정은 깨지고 엄마는 그렇게 아빠에게 얻어터질 것이었다. 뿌리 없는 자의 불안이 잉태한 것은 결국 폭력이었기 때문이다.

엄마의 우울은 커져갔고 원을 그리듯 퍼져갔다. 엄마는 지옥 같은 삶에서 벗어나고 싶었지만 벗어나려고 발버둥치면 칠수록 자신은 삶의 진창 한가운데로 더 깊이 빠져버린다는 사실을 알아차렸다.

엄마에겐 답이 없었고 답이 없다는 사실을 알면서도 계속 생을 이어가야 한다는 게 길고 무거운 사슬처럼 느껴졌다. 엄마는 삶을 살아가고 싶었지만 자신의 삶은 오로지 생존 그 자체로 점철돼 있을 뿐임을, 어느 새벽 짙은 푸름 속에서 깨닫고야 말았다.

　독처럼 자라나는 우울 속에서도 엄마는 끊임없이 살아
냈다. 별 같은 엄마의 아이가 유일한 버팀목이었다.

◀

삶이라는 무서운 경기에 내던져진 엄마는 자신의 아이 또한
이 불안의 링에서 살게 해야 한다는 게 죄스러웠지만, 꼬물
꼬물한 아이의 손을 잡을 때마다 이 아이만이 엄마의 유일
한 구원이라는 걸, 그래서 아이의 손을 놓으면 안 된다는 걸,
아니, 자신은 이 아이의 작은 손을 놓을 수 없다는 걸, 아이의
손을 잡고 있으면 아주 어쩌면 팽팽 도는 이 세상의 팽이를
멈출 수 있을지도 모른다는 생각이 들었기에, "최 여사! 밤
이 어두워도 다음 날에는 늘 아름다운 해가 뜨는 거 알죠?"
라고 말해주던 아이의 희망찬 입술을 믿었기에 자신이 살면
서 유일하게 잘한 일은 이 아이를 세상에 내어놓은 것이고,
자신이 살면서 저지른 가장 최악의 일도 이 아이를 세상에
내어 보인 것이라는 걸 인정하지 않을 수가 없었다.

정숙 씨가 웃는다

나는 할 수만 있다면 이 여자, 그러니까 우리 엄마의 자궁으로 다시 돌아가 마치 영화 〈나비효과〉의 감독판 엔딩처럼 다시는 세상 밖으로 나오고 싶지 않았다. 하지만 때때로 나 하나만을 믿고 누군가는 때리고 누군가는 얻어맞는 세상을 살아가는 엄마의 믿음과 희망을 짓밟아버리고 싶기도 했다. 그럼에도 내게 역시 엄마가 구원이었기에, 언젠가 내가 아무도 만나고 싶지 않고 아무것도 하고 싶지 않고 그래서 사람들이 다 나를 욕하고 발로 걷어찰 때에도 엄마만은 내 피난처가 되어줄 것을 믿었으므로.

어떤 한 사람에게는 다른 한 사람의 손이, 그 손이 아무리 작고 거칠더라도 어두운 숲속 가시덤불을 잘라낼 수 있는 칼이 된다는 것을 알았기에, 잃어버린 그녀의 이름을 불러주기로 했다. 정절이고 얌전함이고 다 벗어버리고 애초의 곧고 맑음 그대로인 이름, '정숙'을….

답이 없는 삶이 답인 생을 살아가고 있는, 이 글을 읽고 있는 당신 역시 누군가의 손을 잡아주고 이름을 불러주길 바라면서.

"정숙 씨!"

내가 부르면 엄마는 잘 들리지 않으면서도 들리는 척을 하며 희미하게 웃는다. 그 웃음이 엄마의 이름을 계속 부르게 했다. 엄마의 이야기를 쓰게 했다.

◀

"정숙 씨, 정숙 씨, 정숙 씨…."

세상에서 가장 곧고 맑은 사람, 이 세상에 꼭 한 명쯤 있어야 할 사람, 정숙 씨가 웃는다.

언 땅 위에서 꽃이 피어나듯, 아프게.

이제 당신이 엄마에 대해 기록할 차례

"왜 그땐 몰랐을까요? 늘 죽음을 보면서도 왜 원장님껜 늘 미루기만 했을까요? 내일, 다음, 오늘이 아니어도 언제든….."

드라마 〈라이프〉 10회에 나오는 예진우의 내레이션이다. 대학병원의 응급의학과 의사 예진우는 아버지 같은 원장이 죽자 슬픔에 겨워 늘 미루던 삶을 반성한다.

진우처럼, 이 진리를 미처 내가 깨닫기 전, 나의 엄마는 떠났다. 늘 가구처럼 내 곁에 있을 거라고 생각했던 엄마의 죽음은 충분히 절망스럽고 고통스러운 일이었다. 생텍쥐페리의 표현대로라면 두 번째로 탯줄이 끊어진 셈이었다. 두 번째로 매듭이 풀어진 것이다. 한 세대와 다음 세대를 잇는 매듭 말이다.

엄마가 없는 나는 모든 것을 새로 배워야 했다. 그건 정말이지 어려운 일이었다. 엄마 없이 사는 법을 배우는 건 온 세계를 다시 배우는 것과 마찬가지였다.

돌아보면 세상 누구보다 엄마를 사랑하고 자상하게 보살핀다고 생각했지만 그 기저에 깔려 있던 건 애거사 크리스티의 말마따나 '다정한 무심함'이었던 것 같다. 나는 딱 적당한 온기로 엄마를 대했던 것이다.

부끄럽게도 엄마가 돌아가시자 슬픔과 함께 해방감도 밀려왔다. 나는 엄마에게 의존하고 있었지만 엄마도 내게 의존하고 있다고 여겼고, 어느 순간부터는 엄마와 '긴 병에 효자 없다'며 간병살인에 대해 얘기하고 있었다. 엄마와 나, 우리 가족은 죽음도, 삶도 모두 두려웠다. 그러나 엄마에게 있어 아픈 몸으로 사는 것은 살아도 사는 게 아니었을 것이다.

그렇게 엄마가 돌아가신 뒤, 겉으로는 멀쩡하게 웃으며 아무 일 없다는 듯 일상을 살았지만 그 누구에게도 제대로 아픔을 표현할 수 없었던 나의 속은 곪고 있었다.

죽은 시간의 더께가 머리 위에 쌓이고 자책의 무게가 어깨 위에 얹어졌다. 그래서일까? 꿈을 꾸었다. 꿈속에선 엄마를 만날 수 있었고, 엄마가 있던 꿈에서 헤어 나오면 다시 현실을 살아갈 힘을 얻곤 했다. 현실과 꿈의 경계에서 외줄타기를 하는 삶이었지만 그래도 꿈이 있어 매일의 하루를 제정신으로 여밀 수 있었다.

출근길 버스에서, 아득하게 멀어지는 꿈들을 붙잡아 스

마트폰으로 기록했다. 이리저리 부유하는 꿈속 엄마의 기억들을 하나도 놓치고 싶지 않았다. 이 책은 그렇게 휘발되기 직전 남겨진 엄마의 꿈들로부터 탄생했다.

존재 자체가 삶과 죽음이었던 엄마. 엄마는 나에게 삶만 준 것이 아니었다. 그녀는 바로 서는 법, 씩씩하게 걷는 법, 편히 눕는 법을 나에게 알려 주었다. 피를 돌게 하고 살을 찌우는 음식들을 만들어 먹였고, 사랑스러운 말을, 깊이 있는 지식을 가르쳐 내면을 풍성하게 만들어 주었다. 엄마는 이 세상에서 처음으로 나를 환영해준 손길이었다.

엄마의 커다란 따뜻함과 다정함은 32년 동안 나의 세계를 촘촘히 채워주었다. 무엇보다 엄마는 여성으로서 세상에 지배당하지 않고 늘 당당한 나 자신으로 살길 당부했다. 그 말에 힘입어 나는 온전한 나 자신으로 살아왔다고 자부하는데, 실은 그 빛나는 32년이 엄마의 희생에 빚지고 있었음을, 엄마가 돌아가신 뒤에야 아프게 깨달았다.

죽음은 늘 삶을 돌아보게 한다. 생의 우울과 폭력, 나이 듦과 병듦, 장애와 학대, 냉대와 모멸, 지척에 있는 죽음과 그 죽음으로부터 해방되지 못하는 남겨진 이들의 삶, 그리고 누군가의 딸이자 누이이자 아내이자 엄마이자 여성이지만 그 모든 것을 떠나 존재 그 자체인, 우리 곁의 가장 소중

한 누군가를….

그래서 나를 비롯해 엄마 곁의 사람들에 대해 쓰기 시작했다. 퇴근 후 조용한 내 방에서 남겨진 사람들에 대해 쓰는 일은 쉽지 않았으나 그 글을 쓸 때만큼은 엄마가 곁에 있는 듯했다.

그리고 엄마가 엄마이기 이전의 시절에 대해 쓰기 시작했다. 내가 경험하지 못한 엄마의 세계는 엄마가 살아 계실 때 들은 걸 바탕으로 최대한 사실적으로 구성하려 노력했다. 그러나 역시 그 자리에 실재하지 않았기에 메워야 할 수밖에 없는 간극은 상상으로 대신할 수밖에 없었다.

글을 쓰는 동안 많은 이들의 위로와 격려를 받았다. 그중 한 분은 엄마가 남겨놓은 사랑이 있으니 곁에 없어도 늘 함께하는 거라는 이야길 해 주셨다. 나와 동생의 엄마였고, 아빠의 아내였고, 이모들과 외삼촌들의 누이였고, 외할아버지, 외할머니의 막내딸이었던 최 여사, 정숙 씨.

엄마는 죽었지만 영원히 살 것이다.

이제 이 책을 읽는 여러분이 당신들의 엄마에 대해 기록할 차례다.